种树人的歌

文牧散文诗选

文 牧 ◎ 著

长春出版社
全国百佳图书出版单位

图书在版编目（CIP）数据

种树人的歌： 文牧散文诗选／文牧著.－－长春：
长春出版社，2025. 1. －－ISBN 978-7-5445-7583-6

Ⅰ. I227.6

中国国家版本馆CIP数据核字第2024CV7204号

种树人的歌——文牧散文诗选

著　　者　文　牧

责任编辑　吴　尧

封面设计　宁荣刚

出版发行　长春出版社

总 编 室　0431-88563443

市场营销　0431-88561180

网络营销　0431-88587345

地　　址　吉林省长春市南关区长春大街309号

邮　　编　130041

网　　址　www.cccbs.net

制　　版　长春出版社美术设计制作中心

印　　刷　长春天行健印刷有限公司

开　　本　880mm×1230mm　1/32

字　　数　224千字

印　　张　10.75

版　　次　2025年1月第1版

印　　次　2025年1月第1次印刷

定　　价　59.80元

序一·再淡一些

汪曾祺

对于散文诗我实在说不出什么。

我甚至连散文诗是什么都不知道。

一个人在生活中遇见一点什么，有点印象，有所触动，有所感悟，凝眸片刻，随手记了下来，自自然然，潇潇洒洒，这可能成为一首散文诗，一首好的散文诗。散文诗是不能"做"的。散文诗不能不像散文诗，也不能太像散文诗。现在，有些写散文诗的人唯恐读者不把他的作品当作散文诗，于是变得装模作样，满身诗味。这样的散文诗只能让我觉得：讨厌。

散文诗可遇不可求。

我很喜欢文牧的一些散文诗。如《春》：

在融融的春水里，一群鸭子欢快地游着，啄食着刚刚开江冰凌滚动着的草根。

在喧闹的江边红柳枝上，飞鸟喳喳地唱着一支歌。

碧绿的秧田里，歌声阵阵，那吧嗒吧嗒的有节奏的洗秧苗的水声，是动听的劳动的旋律。

啊，春天来了。

"春江水暖鸭先知"本是苏东坡的诗，但是这里的鸭群啄食滚动冰凌的草根，这是图们江特有的，这不是"脱化"，更不是抄袭，这是文牧的直接的、"切身"的感受，所以很新鲜。诗要有未经人道语，须有别人没有的一双眼睛。

"吧嗒吧嗒"洗秧苗的水声，"吧嗒吧嗒"只是拟声词，但是很美。这里写声比写形传出更多的画意。

如《啊，古丽盖》：

在一个春天的早晨，我来到这里。啊，我就住在西拉木伦河畔一个牧民的村里。

西拉木伦河啊，滚滚奔腾不息，河上翻波浪，两岸有歌声。第三天，牧民的小女儿树枝领我来到河畔，十三岁的小姑娘，是我的向导。她长得很高，两个羊角辫子在头上摇摆着，她走得很快，时刻在前面催着我，不时在草地上等着我。

突然，在坨子边上，在那刚刚抽芽的新绿的草地上，有一丛开着的白色小花朵，深深地把树枝吸引住了。

"呀，你看这花多好看，你不愿意看看吗？"

"我老远就看见了，这是一种什么花？"

"这叫古丽盖哟，额吉（蒙古语母亲之意）说，它是我们草原上最好的花哩。熬成药水可以治胃痛、腹泻。"

啊，乳白色的小花朵，春天开花最早的花朵，牧民们最喜爱的花朵。它是花也是药。

我们又往前走了，我禁不住赞叹了一句：

"古丽盖啊！"

"嗯，你叫我干什么？"

啊，我才知道，原来树枝这小姑娘还有一个美丽而朴素的小名叫古丽盖的。

草原上的女孩子都有一个美丽的好名字。

啊，古丽盖啊！

这只写了一个蒙古女孩的名字和草原一种野花的名字的巧合，然而……

《春》并没有写春天给人的喜悦，然而读者感觉到了；《啊，古丽盖》并没有写古丽盖的可爱（只是写她走得很快，梳了两个羊角辫子，连她的身材、眼睛都没有写），然而读者感觉到了。文牧没有写生活是多么美呀，然而读者感觉到了；文牧没有写对生活、对人、对自然的赞叹，然而读者感觉到了。文牧非常懂得节制感情、节制辞藻。大音希声，绘事后素，文牧很能欣赏平淡之美。有评论家说作家文牧的文笔朴素清新，我找不出更恰切的词儿，只能表示同意。

散文诗最好适可而止，不要"点题"。比如《草原的日出》：

所有的马群都昂起了头，所有的羊群都默默地停止了啃草，所有的牛都像沉默的山一样。（曾祺按：这写得多美！）

这时，远远的草原的尽头，跃起一个大火球，这一跃非同小可，整个草原沐浴在金红的霞光之中。

我和牧马队长相对微微点头，我们会心地庄严地笑了。

我知道了草原的人们不贪睡早觉，所有的人们都要迎接、沐浴第一缕阳光。

我认为"会心"有些多余，"庄严"就很好，"会心"反而把"庄严"冲淡了。"庄严"是个有分量的、有宗教意味的独特的词，"会心"则是一般化的词。

又如《花》：

我的花留在你的案头。你每夜可以看见不，我的花置在你的枕边。

我的花插在你的发上，你伸手可以触摸。

这就很好，很完整，下面的两句：

不，我的花开在你的心上。

不是不爱花，花有残谢，我爱的是你的笑容。

就显得多余，本来很轻盈，变得笨重了。

诗、散文里最好不要出现"心""梦""爱""诗意""激情""社会主义"这样的字眼，这些意思只能使人意会，不能说出。如倪云林所说：一说便俗。

文牧有时称他的散文诗为"儿童小散文"，他是自甘为儿童文学作者的。儿童文学是神圣的。儿童文学的对象是谁？是诗人，不是一般意义上的"儿童"。儿童是真正的诗人，他们有诗情，并且有哲学。儿童文学的作者对儿童应该是尊敬的，他们的地位是平等的。有些儿童文学作者认为给儿童写作就要把自己的思想、语言降低下来，说上些"阿姨腔"的话，这实在是对儿童的侮辱。千万不要跟儿童说些甜腻腻的话。

《文牧散文诗选》收入四百余篇散文诗，是从文牧七八个已出集子中精选的，也有一部分是近年所发表的新作。

文牧所写的环境，基本上是科尔沁草原和长白山地区：大草原、牧群、守桥战士、墓碑；大森林、松塔、大雪、小河、野花、小车站、小学、果园……安静、和平、香甜。但是老写这些，不免使人有单调之感。我希望文牧能出来走走，开阔眼界，也开阔思路，想得更多一点，也更深一些。

文牧的散文诗似乎缺少一种东西：悲愤。愤怒出诗人。我们需要苹果梨，也需要辣椒。因为世界并不总是那么美好。

我这篇序实在写得不好，因为属于鲁迅所说的写不出来硬写。

（原载于 1996 年 6 月 7 日《文艺报》）

序二·明快、质朴的风格

柯　蓝

　　我很早就读过文牧的诗和他的散文诗。但认真读他的作品，还是他收入"黎明散文诗丛书"第二辑中的《小伐木人的歌》。因为这套丛书是我执行主编的，我一边读一边享受着他笔下描写的事物的艺术美感。他的作品是那样的朴实，是那样的让生活的激情感染你，没有过多的雕琢，没有陈词滥调的装饰，使我感到十分亲切、可爱。不久前，他到北京出差，我们见面了。文如其人，我们一见如故。这也许是我们在文艺上有共同的爱好，结下了这"忘年交"吧。

　　文牧，湖南人，1956 年在东北师范大学毕业后即去吉林人民出版社任文学编辑，一干就是三十年。在担任编辑工作的同时，他便从事文学创作，看来，他是一位多面手，写过小说，后来却集中力量写诗和散文。他发表过五十多篇散文，出版过四本诗集。此外，不仅编辑出版过许多文学书籍和文学丛刊（如编辑大型丛刊《新苑》），还写了有关的许多文学评论。我之所以列举出这些情况，是感到他在文学创作上的素质和锻炼是不错的。我自己搞创作也是做多方面的努力和探索。我深深感到一个搞创作的人，各方面的知识和有关的锻炼越多越广越有利。我自己这么奉行，也劝青年朋友创造这方面的条件。这当然要付出辛勤的劳动。文牧在近三十年的时间中，做了大量的编辑和评论工作，又写了这么多诗、散文诗和散文，这一事实本身就说明他的努力和刻苦，说明他充分利用了他的一切时间。卢瑟·伯班克说："时间不能增添一个人的生命，然而珍惜光阴可使生命变得更有价值。"我想这珍惜，就是充分利用时间。文牧应该说是充分利用他的时间的，所以才出了这么多的成绩。文牧还坚持游泳，锻炼身体，这也是一个人有精力充分利用时间的条件。

文牧做了大量的准备之后，这几年集中力量写散文诗，先是集中写儿童散文诗，后又写叙事散文诗和抒情散文诗。由于他的勤奋，他的作品在东北诗坛上产生了较大的影响，成为东北较为著名的诗人之一。

我读了文牧的许多散文诗。就目前中国散文诗的情况看，在靠近诗的散文诗和靠近散文的散文诗两大类中，他的散文诗是属于靠近散文这一类的。对待这两类不同倾向的散文诗，我主张应一视同仁，不必厚此而薄彼。应该允许学术流派上的竞争、发展。有人指责靠近诗的散文诗，太过分凝聚，没有散文的飘逸，不能更迅速地反映生活，或是反映的面太狭窄。同样，也有人指责靠近散文的散文诗，缺乏诗的意境，虽然反映生活迅速，但带来了散文的随意性，平淡无味。我觉得这种双方互相的指责，都有一定道理。如果双方克服了这些不足和缺点，岂不是会使当前这两大类散文诗产生飞跃的变化和发展吗？因此，这两大类散文诗应该相互取长补短，在竞赛中携手前进，走向成熟。

文牧的接近散文的散文诗，充满生活气息，他常常自描一个生活画面，或是对话，表达作品的主题思想，使你从中得到一种生活启迪。他不过多地运用技巧，或是装饰一些生硬的词藻，初读之时觉得平常简易，但仔细一研究，就会觉得作者是偏重于用生活中本身的激情去打动读者的。这是一种难得的艺术的朴素美。特别是在文字结构、语言运用上，文牧十分注意通俗上口，使不认字的千千万万的人也能通过朗读，可以听懂。这一来，他就比一般人可能拥有更多的读者，使他的作品产生更大的影响。

此外，文牧创作的另一特色，是他非常重视深入生活和积累生活中的素材。他的《小伐木人的笔记》《延边风情》《女神箭手》等美丽的散文诗篇，都是他反映东北生活的结晶。文牧利用他编辑工作组稿，或是创作假期，到各地参观访问，接触了各种各样的人。据我所知，去年上半年他为了《新苑》的组稿，曾去河北、山西、陕西等地，不顾旅途疲劳，这也就是前面所说的挤时间的精神。我也常说，时间是可以挤的，正如一块木板，看上去很紧密，但还是可以钉几个钉子进去。文牧用了这种钉钉子的精神，争取了时间，扩大了生活，深入了生活，之后又用这种精神创作，这个路子我认为是很对的，而且值得一些业余爱好文学的青年学习，也为文学爱好者自学刻苦成才，提供了宝贵经验。当然，一个人要具备这种"钉子精神"必然是对文学有着极强烈的爱好和刻苦钻研的决心的。文牧在大学读书时就开始练笔，孜孜以求，这种精神就表现了他对诗对散文诗的炽热的感情。举一个小例，去年七月，我去参加《北方文学》举办的散文笔会时，途经长春，文牧来看我和文秋，由于时间匆促不及谈话，等到我们的会议结束到达吉林市时，他利用周日从长春坐几个小时的汽车赶来吉林市宾馆，见我们时他身上被雨淋湿了，在啃着一块干面包（他因赶路没有吃早饭、午饭），为了赶火车，他走时又顶着大雨。我想他如此不辞劳苦地奔波，不正是为了我们之间的友情，而更重要的是他对文学对散文诗的爱好和追求吗？他是把写散文诗作为一种神圣高尚的事业，才表现出了这种诗人气质的狂热与执着，给我留下了极深的印象。因此，这么一个诗人，我相信他的散文诗是交融着他的心血和他对生活全部的爱的。

我说了这许多，是帮助读者从不同的角度来了解和评价文牧这本集子中的许多散文诗篇。我不赞成有些人凭一时读作品的印象，便对一位作家下总结性的评论。我认为一部和不同时期的作品集子，并不能完全反映一个正在成长的作家的整个水平。所以我们要了解一个作家一个诗人的许多方面，要从各方面来全面地评价他。当然，评价一个作家和诗人的主要方面，还是不能离开他的作品。文牧的这本《边防村写意》中的作品，同样保持着他明快的风格，和他一贯赞美生活的基调，因此鼓舞着人们向上，追求探索生活的美。他善于和孩子们对话，善于捕捉儿童天真的纯洁的心灵，而且也善于从平凡的生活场景中描写出一种朴素的情趣。由于篇幅限制，我不想列举具体的作品来一一分析，我相信细心的读者会和我一样，领略到这一切。

　　自然，我也不能不指出他作品中的一些不足和缺点。他的散文诗，有一位写评论的同志，当着我和文牧的面，就直率地指出过他的缺点，认为还写得不够深（这是指主题思想），也还不够精练（这是指写作技巧和文字）。这个意见文牧自己也很谦虚地接受了。但我想，文牧写散文诗的时间还会很长，路子也还会很宽广，我相信他自己已经认识到的不足，一定会在今后刻苦的追求中得到克服和改正。

　　文牧正处在精力旺盛期和各方面的成熟时期，作为散文诗的共同爱好者，作为他——散文诗较早的开拓者之一，我期待着他有更上一层楼的新作，期待着他新的探索的成就。

　　（1985 年 2 月 17 日，为文牧《边防村写意》散文诗集所作的序。）

目 录

小伐木人的笔记

暴风雪中的柞树林

小伐木人的笔记

脚　印

是谁第一个踏着皑皑白雪到我们少年气象站去送饭给姐姐？

是爷爷。

爷爷年老了，他在林子里生活了60多年，可他一刻也不消闲。爷爷是林区的模范，虽然年纪大了，他也不愿意从第一线上下来，他现在是林场和我们少年气象站的顾问。

弯弯的小路上，留下了爷爷的脚印。可是，大雪飘飘，不一会儿，脚印就被大雪盖住了。虽说看不见爷爷的脚印了，脚印却深深地印在姐姐和我们少年气象站每个站员的心里了。

我们是踏着爷爷的足迹到气象站来值班的。

长白山里有一个普普通通的红领巾气象站，我和姐姐用辛勤的汗水，用攀登和探索的精神，为林区为参场默默地工作着……

呵，今天是我和姐姐在小气象站值班。

白桦树皮

我爱用白桦树皮写字。写在白桦树皮上的日记，是我从心里唱出的歌，这歌儿发自心灵，赞美我们北方的林海，歌唱我们的原始森林。

我爱用白桦树皮写信。写在白桦树皮上的信，寄给我平原的同学和朋友，当他们拆开信封，抖开这白桦树皮的信笺，一定想起在长白山区的我，一定想念美丽的林海。啊，白桦树皮的信，带给平原人一片大山的深情，白桦树皮本身就具有山区的生活情趣。

我爱用白桦树皮写字。写出我的理想，记下我们小伐木人要在北方山区贡献青春的愿望……

九十八公里

林中车站，热闹异常。当火车来了，这里是一片来去匆匆的沸腾奔涌的人流。

林中车站，平静多姿。林中的车站啊，你也有自己沉思的时光。来吧，看看这林中车站，站边啊，山花争艳，山风劲吹，山雾迷蒙，这时候啊，火车进站，走得很慢很慢，火车吐着浓烟，色彩浓重，气象万千。林中车站啊，是一幅优美的画卷！

林中车站,你也是记得的,这里以前是一片古老的原始森林,伐木叔叔开采了你,你的名字是九十八公里。因为新开的林场离原来的旧林场距离是九十八公里呀,你就有了这个朴素大方的名字哩!

铁路铺轨到这地方,火车来了,又向前去了。九十八公里啊,是终点,又是一个新的起点,火车还是突突突突地向前进发!

树海啊,茫茫树海——

这里有红松,啊,这里山山岭岭都是红松、赤松、鱼鳞松、樟子松、长白美人松、高高的落叶松……红松有多少?数不清,看不够,香喷喷。啊,长白山是红松的故乡。

这里有白桦,白桦林一片一片,一片接着一片的白桦林啊,你是长白山林区的骄傲!

这里有曲柳,啊,这里有花榆,有胡杨,还有柞木。

凡是到过长白山林海的人们呀,你们一定喜爱这里的林木;你们没有来过这里吧,你们赶紧来看看。

你们可曾知道,这里曾是燃起抗日烽火的密林树海。透过茫茫树海,我好像看见了,火红的旗帜在飘动,啊,山花开放,歌声震荡,抗日的烽火照亮林海。今天,我们来踏查,我们来开采,我们来建设,我们来歌唱!

啊,树海啊,长白山区的茫茫树海!

在雨中,我看见楞垛

从新开的林场,我迎着雨走向新修的小火车道。啊,雨中的小火车，"哐当哐当"地开过来了，它要将伐下的原木，一车车运到楞场去。在雨中，我看见楞垛在长高。灰蒙蒙的雨丝裹着白色的雨雾，绞盘机把一根根原木吊到楞垛上去。

啊，在雨中，我们的楞垛在长高。

楞垛上堆着的不只是一根根原木，那是伐木叔叔的心血和智慧，那是长白山林海绿色宝库的珍藏……

联　欢

"你们不曾听到过我唱歌吧，我可以为你们唱不少首新歌！"

可爱的燕子对林子里的大大小小五颜六色的鸟雀们啾啾鸣叫着说。

燕子刚刚亮出歌喉，黄鹂就打断了她的话说：

"我的歌声比你婉转悠扬，大森林里我是歌王。"

黄鹂的歌吟未落，那翱翔的雨燕，那活泼的红尾鸲，那笨重的松毛鸟，那细小好斗的铁鸡，那树枝上跳动的小松鼠们……都一只只啁唱起来。

原始林子里，新的采伐区正在开着百鸟联欢会。

这个联欢会是为伐木人而开的吧？

啊，虽然是雪花儿飘飘，可春天已来到了北方的林海，百鸟的音乐会在热烈的气氛中隆重地开起来了。联欢会开得热烈而愉快，伐木人个个用欢笑的双目注视着，用愉悦的心情聆听着……

小　路

　　我的故乡长白山区村子的近边，有一条小路，小路曲曲弯弯伸向深山。进山吧，去寻觅抗联战士的足迹，那进山勘查的年轻朋友，就是从这条小路进入深山的。井水呀，你曾摄下姑娘和小伙们的身影、笑貌和歌声……

　　井边的另一向，现在有大路，大路上有红色的客车，有绿色的汽车，还有满载着原木的拖拉机运送木材，那些车辆鱼贯似的来往如穿梭，有的车开到这儿就停下来，从车上跳下来的司机提着小铝桶欢跑着到井边来打水，呀，井水清清，照着年轻司机的欢快微笑的脸。

　　井水映出了新颜，井中看山，山色新绿而清爽；井中看霞，彩霞艳丽而灿烂。

　　小路、大路、山路，都从井边绕啊，我在小路边静静地沉思着，小路引起我更多的遐想和对战争年月的追寻。

　　啊，长白山区我故乡的村子里，有一口古老而年轻的水井，井边有一条小路。

山　风

　　风从山上来，带着绿色的原始林子的芳香，带来伐木人的歌唱；

风从三道拉古河上来，带来了原木流送特有的木质的气息，也带来了木排流送工人的高亢而悠扬的歌声；

风从长白山疗养院来，带来了药水泉的清香，也带来了疗养的伐木人的谈笑声。

山风啊，你传递着美好的春的消息，伐木者欢迎你。你是擦汗的无形的长巾，你又似那嬉戏于山林里顽皮的孩子。可你也有那暴烈的性格，长白山气象站的尖兵们最了解你；然而，大山的人们都欢迎你，有你就有歌。

可爱的山风啊，你尽情地吹吧！

珍 珠

老场长乐了。愿望终于实现了。

老场长看着明亮的串串珍珠似的电灯，笑弯了眉，舒展了皱纹，看他那神情，似孩提时在海边拾得了心爱的彩贝。

明亮的珍珠，照在长白山里，也映在山区人们的心里，山沟沟里终于有了雪亮的电灯，串串明珠挂在山间。

曾记得水文站的老柯，领着年轻的水文队员，经过了一次次的踏查，绘制了一张张的图纸，积累了许多数据，终于在这拉拉河的上游建立了这座水力发电站。

水力发电站啊，把光和热送到每个林场，送到林业工人们的一间间宿舍，送到人参场，送到林区的学校、医院、商店。啊，林业工人们的愿望实现了，山区有了明亮的色彩，人们迎着雪亮的电灯，笑得多开心，喜得流出了热泪。

老场长笑得舒展了皱纹，大家围着老场长，雀跃欢呼，愿望终于实现了。

你早，小站台

这里是一个小小的站台，没有红砖绿瓦的车站建筑，也没有那串串珍珠似的灯海。这里有的，只是简单的几间用弯弯木头搭起的小木房；只是用黑土和沙子筑就的站台地基；只是用森林里的腐殖土和壕沟的黑沙平整的站台。然而那万年红和山菊花却开得火红灼人，黄得照人眼目。

啊，晨雾弥漫着小站台，彩霞映出美丽的图样，我们静静地等候着森林小火车的到来。

我看见平原来的画家，挥动着彩笔，认真把小站台描绘。你早，小站台！你是我们北方山区的一个普通的小站台，你将自己多彩的姿容展现在画家的面前，像一颗质朴的珠子，发出令人瞩目的光辉。

你早，小站台。

风　口

登山我愿在风口停留。在攀登长白山天池的山路上，我愿在这风口驻步，我们年老而健壮的向导，深情地讲到足下这个所在：那是有名的黑风口啊，无风也要飞沙石；要是稍稍起点风，人在这儿，一不小心就被吹走好几丈远；如若遇上大风，你不立刻趴下抓住石块或者树干，就有被刮下山崖的危险。

好啊，黑风口，听见你的名字，胆小的人便不敢向上攀缘了，他们要往回走，退回原路下山来。

黑风口啊，不管你集中的这一带的山风多么强劲，在勇猛的攀登者看来，都是无所畏惧的。敢走风口的，必然能攀登上顶峰；敢于铤而走险，才能到达理想的峰顶。

登山我愿在风口停留，小试自己的气度和胆量。走过风口，心胸更加宽阔，步履也更加坚实。

谢谢你，送信的大哥

只要到了下午两点多钟，你准就出现在我们村啊，谢谢你，送信的大哥。

你来了，带来了满院的喧腾和欢笑。

"来呀，二柱子，小镇上来了信，你快来接着！"

"罗晶，加工厂你那小伙子，又寄来了情书！"

"寿山伯，你的儿子又从海岛寄来了挂号！"

……

欢乐的声浪追赶着人潮，送信大哥，满脸是笑。热汗淋漓，在斜阳里，能看到闪光的汗珠发亮地跳跃，引得大家伙儿从心里疼爱。

你的腿是飞毛腿吧，一路上飞驰像箭似的穿梭，你总是满含着激情，你总是浑身有使不完的劲儿。

你的心，像金子般晶莹，卫生所的大姐看你来了，她脸贴玻璃窗，目不转睛地看着你，在心里升腾起骄傲自豪的烈焰。

你走了，那卫生所的大姐还在默默地目送着你，你也深情地向她回首。我知道，你们俩也书来信往，只是悄悄地传递，从不让大伙儿知道……

谢谢你，送信的大哥，你为我们村带来了欢畅，送来了股股热流，带给咱们激奋的情绪和鼓舞人心的力量！

你走远了，还听到你的车铃在欢快地歌唱。

小 松 鼠

小松鼠，多么活泼可爱的小松鼠。

当你来到山中，从树丛间穿过去，看到小松鼠快活地从这棵树上跳到那棵树上，似热情的山间的主人，把你欢迎，它们开始了活泼有趣的攀跳，欢腾跃动。

小松鼠，林间的舞蹈家，它们如此殷勤好客，简直无法安静下来。

小松鼠，山林里的除虫模范。把那些叨吃林间果实的害虫一口一个、一个一口地吃掉。啊，你们是林间的小猎手，你们是伐木人最喜爱的林中小生灵。

啊，在林海中，我喜欢看小松鼠活泼而流畅自如地欢舞歌唱！

晨

——早春短歌之一

"来哟——罗！"

"来啦——罗！"

林场的家属院，清晨映霞光。

小双英一劲儿喊，

玉香急忙来答应。

林场的家属院，开始了繁忙景象。

一群大姐姐，赶早下山崖，她们要到塑料大棚去，她们要摘下西红柿、大青椒、黄瓜，还要割韭菜……啊，虽说是雪花儿飘飘满山穿白袄，咱们的伐木叔叔呀，一样过着夏秋的日子，一样吃到新鲜的蔬菜，他们要迎接黄金采伐期的到来。

"来哟——罗！"

"来啦——罗！"

雪花儿飘，不觉得冷，心里的春天暖又暖，林场的伐木叔叔哟，个个展笑眉，春天总在人心里，清晨的歌声满山飘！

春风送来花送来

——早春短歌之二

你来了，家家敞开大门把你欢迎；

你来了，孩子们雀跃欢跳,有的孩子急急忙忙跑去报告母亲；

你来了，带着党的关怀和温暖，带着一颗热忱火灼的心；

你来了，个个家长向你询问。

马小栓的妈妈说：

"老师呀，孩子的成绩好不好？孩子的品行端正不端正？"

你充满情意地说：

"小栓开学时太顽皮，不交作业本，摔坏了半导体！"

"呦，老师操心了，这一向小栓可好哩？"

"小栓能听话，学习有进步，文明礼貌活动中，评选为小标兵，成绩猛劲长哩！"

小栓躲在奶奶的身后，吐舌头，一双小眼眯缝着，几滴热泪掉在脸蛋上，扑哧失声笑。老师看见了，家长看见了，大家转向女教师，亲切的目光在赞扬。

你来了，森林新镇学校的女教师，春风送来花送来，踏着歌迎着笑，林区的老师人人敬！

相　信
——早春短歌之三

爷爷说："你要相信自己。"

是的，我要相信自己。

相信自己就有永不动摇的决心；相信自己就有下笨功夫学习的行动，就有前进的可能。

如果连自己都不相信，还谈得上什么成绩、什么前进的动力！智慧出自勤奋，成功是在失败的基础上获得的。

你要是相信自己，就一定能勇往直前，相信自己才能攀登上理想的峰顶！坚定信心，相信自己，做一个林区建设的勇敢尖兵！

想　念

我不知道这棵树为什么覆盖如此严实，太阳就是一面金色的筛子,也漏不出点滴的阳光,啊,在这棵大树下,我在把你等待。

要是遇上下大雨，这棵大树又是一把大雨伞，尽管雷鸣闪电大雨如注，我站在这里就像待在你家的小屋。现在，我正等待你的来临。

黄昏降落，暮色中，我好像看见远远的地方有响动，是不是你走来了？我昂起头，悄悄地等你走来，可是走来的不是你，而是我的弟弟。弟弟走向我：

"姐呀姐，有个急病的患者，等你去看看。"

我的心不能平静，我说：

"为啥早不说？"

弟弟发急了："早说什么，没人来求你，怎么知道谁患了急病？"

啊，我跟弟弟跑回家，背着药箱就去询诊。

如果你来了，你可得等我，是深夜，是黎明，我们定相逢，可你千万别责怪。

山泉叮咚

叮咚！叮咚！

山泉水唱着激情的歌儿，奔腾向前。

叮咚！叮咚！

山泉啊，你是长白山上春天的歌手，你是绿色林海中骄傲的报春使者，映着灿烂的阳光，踏着坚实的步子，不怕风雪，不顾疲劳，你勇往直前，一泻千里，直奔向滚滚翻腾的大江，你为生活唱着赞美的歌。你的歌声，永远召唤着人们，满怀信心地向着前方！

叮咚！叮咚！

这是多么动听的长白山林中的歌声！

雨　燕

雨燕啊，长白山林中的雨燕，你们啾啾鸣唱，声声呼唤远方的客人；你们展翅飞翔，带给我们山雨的喜讯；声声啾鸣啊，让我们在林海踏着你们的歌声穿行。

大雨来临，雨燕啊，你们飞得更起劲，你们唱得更欢，你们的歌爽朗豪壮。

我们跟着雨燕走，攀登长白山的主峰。八月长白风雨淋，忽密，忽疏，阵阵风雨扑面来，清爽空气沁心田。风吹彩虹现，雨后复斜阳，踏着五彩山路走，雨燕引我上天池。

长白山茶

在蜿蜒的长白山小路旁，到处可以看到长白山茶。茶树有着棕色的枝干，油绿油绿的叶子，在枝干上舒展开来。那乳白色的、粉黄色的花朵，多么素洁，多么质朴而又俏丽。

爷爷告诉我，长白山茶的原名叫长白杜鹃，山里人都管它叫牛皮杜鹃。

好一个牛皮杜鹃，看见它，令人赏心悦目，叫人赞叹不已。

在烽火连天的战争年月，长白山茶就着篝火煮沸，抗联战士们喝上山茶，心情畅快，跃马横枪，为了中华民族的解放，同日本侵略者决战在茫茫林海；如今，勘探队员和伐木人摘下心爱的长白杜鹃的花蕊和叶片，制作出味美的山茶，为开发、建设林区的人们消除疲劳，为新长征战士增添豪兴。远来者带去山茶，作为佳品馈赠给亲人朋友。

啊，长白山茶，你不仅有美丽的花朵，碧绿的枝叶，也有甘美的清香和明亮的色泽，我看见你倍感亲切，心情无比欢畅！

不 老 草

长白山上有一种不老草。

不老草，听到你的名字就给人一种力量和鼓舞。

要采不老草，就得攀缘那陡峭的山崖；为采不老草，就得不畏艰险，敢于爬那险要的石碴子。

不老草，能治那多年不治的陈年老病，能使病患者化险为夷。

但为了得到不老草，必须付出艰辛，甚至不惜牺牲宝贵的生命。

因为不老草不好采，才如此需要勇敢和付出百倍的代价。哦，不老草，你是长白山上的珍宝，你召唤着勇敢的人们，你是山里的神草，人们要采不老草，愿付艰辛和生命。

笛　音

像山泉淙淙地流淌，似清风徐徐地吹拂；是绿色夏天小鸟在啾鸣，还是山谷中顶着冰冻朔风开放的花朵在唱歌？

啊，这笛音在山间的小屋吹响，听着听着，我仿佛看见了你几分稚气又几分纯真的年轻的笑脸。是呀，你那富有魔力的笛音能把群鹿驯服，你是在赞美青春的魅力，你是在歌咏北方山色明亮的色彩。鹿场老场长夸耀你的勇敢和智慧，我认真地听取。

啊，你是长白山英雄儿女的后代，你正踏着先辈的足迹，在抗联战士密营的地方，把鹿群赶到柞树青青的山冈，那只白脖的小花鹿在跟你逗趣，你轻轻把它抚摸。

啊，笛音就是你的心音，鹿群就是你的伙伴，头上的雨燕在把你歌唱，它们在赞美你——长白山上的养鹿姑娘。

松　塔

到这里来，都想带回去几个松塔，老场长领我们来到采伐作业区。女子伐木队队长亲自操作油锯，"嗒嗒嗒，突突突"，伐下这棵红松两人抱不住。

"不是要捡松塔吗？摘几个吧，长白山别的不多，有这古老的红松，有的是松塔，有金子似的松子儿！"

老场长一脸的皱纹笑开了花，说起老红松，浑身都是劲儿，他一边对我们说，一边抢起开山斧，把一堆堆松塔砍下来。我们从未见过这样大的红松树，更没见过这么多的松塔，简直成了松塔的王国了。

我们每人揣着几颗松塔，细心的女大夫还用粗线将松塔串起来；女子伐木队的油锯手，个个都围拢来。啊，不！我们并不是贪吃松子，那样香喷喷味儿美的松子我们舍不得吃。我们是喜不自禁，要把长白山最好的红松种子带到平原去，带到大江南北去，让长白山的红松在祖国处处长起来。

带着松塔，告别长白山吧，让秀美挺拔的红松在祖国各地安家。

小　屋

我要走了，再看你一眼。

哦，林中的小屋，我一步一回头，我要记住你的模样，更要紧的，你已经装进了我的心中。

我要走了，林中的小屋。老场长给我讲了，在烽火连天的年月，这儿曾住过一位抗日联军的将领——杨靖宇司令员，他在此指挥过千军万马。决战的号角在山林吹响，一场歼灭战，我们打得顽强，敌人遭到了可耻的失败，我们取得了胜利！……

我走远了，但林中的小屋，总在眼前闪现。

我将带着老场长的话语，走过平原，跨过大江，走在四化的长征路上。

小屋连着祖国的原野，小屋前面的路通到祖国四面八方。

长白山上林中小屋的火光啊，照我奔走，引我展翅飞翔！

检　尺

你的工作是检尺。

检尺员——丈量木材，你做得认真、细心、严格。

啊，林英姐姐，每当林场升起朝霞，我看见你在场上检尺；每当夕阳西下，林子里红光闪烁，我还看见你检尺。没有一件工作，有这样细，又这样准确。

你的工作是检尺。

啊，林英姐姐，林区的骄傲、伐木工人的光荣，都在你们的尺上闪耀。

啊，林英姐姐，你每天在场子丈量原木。你啊，为祖国建设，热情奔放，你的双腿，走在祖国四方，心随原木奔走在四化的长征路上。

啊，林英姐姐，林场有你增添喜悦。每次，老书记讲话，总把你表扬。

你胸前的红花啊，亮人眼目。

而你啊，林英姐姐，你就是一朵长白山的杜鹃，红得似火，永远开放！

漫步林海新镇

漫步林海新镇，啊，一切都那么清新流畅，一切都富有鲜艳的色彩，处处令人欢悦，心里充满豪情。

漫步林海新镇，你看吧，街两旁简易房子的后边，还有一丛一丛的树桩，还有一片一片的树叶，处处是腐殖土，还会依稀看到一些原始林子的影像。

在街边上，还有一排一排的长白美人松，它们是伐木人特意保留下来的。长白美人松，挺拔高俊，令人敬仰，看着长白迎客松，你一定会心驰神往，心儿呀，飞向高高的原始林。今天，我们漫步的街市，还有红松的清香，还有白桦的树影，还有柞木的桩子，还有水曲柳的根根须须在土里埋藏！

啊，漫步林海新镇，满眼是伐木者的足印，听那歌声，看那笑颜，伐木人急匆匆走来走去，新镇的街市摆满了森林的珍贵果品，到处是欢声笑语，奔涌着伐木者的心音。

漫步林海新镇，春风扑面，满眼阳光。

爷爷说，我是林海新军一战士。

我愿做林海伐木者，

挥斧挥锯，谱写新的诗行。

学　校

林中有我们的学校，我们的学校盖在林中的开阔地上。

林中的开阔地，刚刚伐过的一片地区，伐木叔叔说：

"在这里开办我们林中的学校吧，我们要有自己的学校！"

千年的林海被伐木叔叔唤醒了，开采一片林区，又开采一片新的古老的林区，伐木者在林中行进！

我们的学校在林中开办，我们的读书声和林涛相呼应，我们的歌声与伐木叔叔的林中号子声声相连。

啊，林中的学校办在这片开阔地上。我们在林中学习，我们又栽下一片片小树，我们和小树一起成长！

无数的新的、古老的林区等待我们去开采，我们是明天的林区的伐木人，我们有雄壮的动听的歌声！

火车和火车司机

呜呜地开来了，林中的小火车，你带着浓重的烟雾隆隆挺进。那伐木的叔叔最欢迎你，新的山场开辟到哪里，简易而便当的小火车路就铺筑到哪里，火车也就随之开来了。

我知道，这趟火车的司机是一个二十多岁的姑娘，她的名字叫罗小环。她曾经在女子伐木队里当过集材手，但对开火车她是那样迷恋。老场长满足了她的要求，经过刻苦学习，她到底掌握了小火车的脾气。这个新的林业局一带，有谁不知道罗小环！

火车突突地开上了那尔轰岭，隆隆地挺进，呜呜——火车向伐木人致敬。呀，森林小火车，山山岭岭的伐木人都向你招手。小火车突突隆隆地唱着一支挺进的歌，这是长白山大森林里的一支小插曲，唱得多好听啊！

蓝 天

在森林里，在长白山的林海里看蓝天，蓝天又近又远。

如果看树梢的蓝天，那是很近很近的，好像片片老红松插到了蓝天里边；等你攀上了峰峦，登上山顶看蓝天，蓝天显得深远，好像看不到边缘。

蓝天似海，蓝天如镜，伐木叔叔在原始林子里伐下原木，他们的斧子、油锯，就好像在蓝天里飞舞，他们喊：

"顺——山——顺——山——顺——山——倒——喽！"这好像是伐木叔叔对蓝天的呼唤，好似在与蓝天谈心。伐木人的歌声在林中回旋，在蓝天里扩散，歌声传得很远很远。

蓝天似海，蓝天如镜，蓝天离我们很近；蓝天悠闲，蓝天碧郁，又觉它很远很远。

林中的小火车

啊！林中的小火车！

啊！林中的小火车，呜呜地开走了，它载着伐木人的心愿，它唱着一曲行进的歌，它装满了原始林木。

轰隆隆隆，向前飞奔，向前飞奔！

啊！林中的小火车，它力排万难，它信心满怀，它向伐木工人告别：

"感谢你们啊，伐木者为人民造福，我为林海来运输！"

呜呜——呜，小火车向前飞奔。

啊！林中的小火车，轰隆隆隆地开进来了，它载来了红色的集材拖拉机，一台又一台，红得似火，亮得耀眼；又载来了崭新的油锯，一排又一排，油锯颤颤悠悠，好像要跳下车来，它们急着要去伐木哩！火车还载着新来的伐木人——我们林海的建设尖兵。

我们乘坐在小火车上，看高山，看林海，我们震天动地高声吼：

"林海啊，高山啊，快敞开你博大的胸怀，乖乖来献宝！"

我们是新一代的伐木人，要征服这万里林海！

啊！林中的小火车，隆隆地开进来了！

轰隆隆隆，呜——呜——

啊！林中的小火车，永远唱着歌开出又开进，高歌一曲行进的歌。

啊！林中的小火车，轰隆隆隆，向前飞奔！向前飞奔！

林中的小屋

林中有小屋，小屋有生气。

当你走进万绿丛中的小屋，春风阵阵扑面来。我的姐姐黄娟便说：

"叔叔，进来歇歇腿吧，要了解地形吗？要知道路线吗？你就在这儿问个够；要喝水吗？山泉沏的高山茶（就是用长白山的牛皮杜鹃的叶子和花朵炮制的茶呀），又甜又香，管你喝个满足！"

我们少先队、共青团的战友，热情奔放，为初进山来的人，宣讲山里的注意事项。为山里人和进山来的人服务，我们感到很高兴。

啊，林中的小屋，有春天的气息，有我们小伐木人的歌唱，要给进山人带来力量，要给林中的伐木者送去温暖。

林中的小屋是我们的宣传站。虽说是冬天严寒春天也多雪，可这林中的小屋充满了璀璨多彩的春光。林中小屋的歌声像山泉涓涓流淌，长白山林中的小屋，像珍珠般明亮。

新开的林场

新开的林场，新的生活闪闪放红光。

新开的林场，新的战斗的歌声，使人振奋。

集材拖拉机达达突突地来回集运原木，它是新开场子的先驱。

绞盘机轰轰隆隆地唱起雄壮的歌，它把一根根原木吊起又落下，吊起又落下。原木归上楞垛，像山一样雄伟，似海浪奔腾在伐木工人的心间。

啊，伐木工人的劳动号子动人心魄：

嗨——哟——嗬——

顺——山——倒——喽！

新开的林场，战旗似红云。

铺路工人来了，小火车很快就要通车了。

长白山的林海呀，红松、白桦、黄波椤；

咱们北方的森林呀，楸子、曲柳、花榆……

啊，木材采不尽，条条原木运四方。

啊，新开的林场歌声多嘹亮，雪压枝头白茫茫！

啊，愿你进山来看看！

把路修上云端

伐木叔叔，永远向着深山林海远航。

伐木叔叔，在林海中开辟新的道路，伸向远方。

伐木叔叔，用开山大斧，用颗颗红心，用劳动歌声，把原始森林唤醒，把路修上云端。

我曾跟着爸爸到新开的伐木区去过，那林中的树啊，又高又大，大的，几个大个儿的叔叔也抱不过来；高的，连它的树梢也望不到头顶。这样的林子你走过吗？真是树海茫茫不见天啦。

伐木叔叔，开辟新的伐区，先把路开通，紧接着把绞盘机架好，马达声响了，达达达，达达达，声声呼唤原始大森林。一片"顺山倒"的劳动号子声里，大树一棵一棵，听从叔叔们的指挥。大树伐倒了，红色的骏马——拖拉机赶来运原木来了，突突突突！你可知道，这拖拉机可是力大无穷，又勇敢，又能干，拽着原木往前跑，路有了，新的路最初由它们试跑。把原木运到一起，集中起来，这里有个名字，叫作"楞场"，把原木集中到楞场，叫作"归楞"。刚才说过绞盘机吧，绞盘机就在这里把一根一根的原木吊起来，整整齐齐把木头归上大垛，这样的景象，真是气魄大啊，舅舅形容说四个字，就是"气象万千"。

等到新伐木区开采到一定的时候，森林小火车也就铺到新区了，小火车嘟嘟嘟嘟赶来了，把楞场的原木一车一车地运走。

等到新伐木区开采到一定的时候，也就不用森林小火车运木材，那就是修公路。公路修好了，拖拉机开来了，大汽车开来了，一辆一辆列队而来，把根根原木装上去，运走了。

新的伐木区一片一片地开起来，新的路啊，一条一条地修起来。路上有伐木叔叔的汗珠，一滴滴，映着火红的太阳，路啊，闪着光，伸向远方。

伐木叔叔，用开山大斧，用油锯，用劳动歌声，把原始森林呼唤，他们把路修上云端！

草原的日出

甘　泉

这里有丰美的水草，这里有盛开的花朵；

这里有白云似的羊群，这里的马群如红云奔涌；

这里的姑娘，个个是歌手，这里的姑娘是放牧队里的标兵。

这里有清冽的甘泉，那是从大地涌出的。甘泉能把人们的眼睛洗亮，甘泉在草地里畅流。啊，甘泉流在人们的心上，美丽的草原有声声牧歌回荡。

草原上奔涌着绿色的波浪；草原上升起金红的霞光。

我在草原上行走，处处听到牧民们的歌唱，那是从心里唱出的对新生活的礼赞，那赞歌就是从心里流出的清冽的甘泉。

草原的日出

所有的马群都昂起了头，所有的羊群都默默地停止了啃草，所有的牛群都像沉默的山一样。

这时，远远的草原的尽头，跃起一个大火球，这一跃非同小可，整个草原沐浴在金红的霞光之中。

我和牧马队长相对微微点头，我们会心地庄严地笑了。

我知道了草原人们不贪睡早觉，所有的人们都要迎接早霞，沐浴着第一缕阳光。

这是草原的日出，我永远在心里默记着，我要为日出写出诗篇。

每当我忆起这日出，心中就充满诗情。

雾

草原上有雾。

早雾啊，给草原带来了迷离的神秘的风韵。一坐飞骑，像神箭穿破迷雾，那踏踏的马群似云点向远天滚动；又一坐飞骑，似流云穿过草地，马群中响起牧人嘹亮的歌声。

早雾啊，蒙蒙的雾，给草原带来迷离的神秘的风韵。牧民们最喜欢在雾中出牧，牧女们的歌更令人神往。

草原的雾啊，我愿在雾中飞马驰骋，去追赶草原五彩的霞光。

羊　群

草原上的羊群，像白云，像流云；

草原上的羊群，似珍珠，似玛瑙。

草原上的羊群啊，像白色的花朵，一束束，一<u>丛丛</u>，开得多明亮，多艳丽。

草原给了羊群鲜美的食物——水草，羊群给草原带来繁荣和生机勃勃的景象。

草原上的羊群啊，是大地上的鲜活的流泉，流泉涌动着，牧羊姑娘们在羊群边歌唱。

草原上有狂雪飞奔，也有暴风雨的袭击，才显得雄伟壮观。当黄昏或者黎明，总有画家们在写生，画卷儿铺展开去，草原上有抒情的小夜曲，更有那翻滚的浪潮和交响音诗。

羊群啊，是跳动的音符，又是涌流的珍珠。

啊，羊群是跃动的泉水，羊群是欢乐的河流。

牛　群

草原上的牛群有如彤云。

草原上的牛群在湖边漫步,牧歌声声礼赞草原沸腾的新生活。

牛群是科尔沁草原紫红的花朵，牛群在吃草，花朵在移动。

牛群是湖边如黛的玛瑙，草原的湖荡起微波，湖是草原的明珠，湖是多情的眸子，闪着明亮的光彩。

远远地看，湖水和蓝天一色，紫红的牛群，五彩的花朵，蓝色的湖水，绿色的草地……

啊，科尔沁草原是祖国北方的明珠。

雁 群

一群大雁在湖畔梳理着羽毛，那白色的羽翅衬着静静的湖水，大雁是在和自己的同伴叙谈吗？

雁儿悠闲漫步，流连这草原上湖景的清幽，恋着这壮阔的草原。

夜色中，大雁们卧翅安睡，那放哨的雁儿，却张着警惕的眼睛。

雁群啊，明天就要登上新的旅程，总也不会忘记草原之夜，纵使南飞，也要飞回到北方的草原故土来。

雁群恋着草原的湖滨。草原的湖水拍下了大雁的倩影。雁群不会忘记草原，还要回到草原的湖畔上来。

秋天，草原送走了雁群，而每年每年，大雁都将给草原、给湖泊带来春天。

马背上的歌

"草原有多大，马背就有多大！"

老牧民自豪地对我说。

啊，马背是一个勇士的世界，马背是一个诗和歌的王国。

我们从小在马背上长大，草原的风雨冶炼了我们的意志和心力。

我们从小在马背上驰骋，迎着草原的旭日和灿烂的朝霞，又追赶落霞和流萤。

马背给了我们神奇的诱惑，马背也是草原的学校和舞台。

啊，我们在马背上发展自己的智慧和雄心，马背上有动人的传说和奇幻的现实。我们在马背上追赶着风雪和落日，生机盎然的春光也从马背上迎来。

啊！草原万里远哟，马背万里宽……

草原的风

昨夜风大，呼呼的风，吹醒了我的梦。

风，扯着蒙古包上的旗，风，擂着鼓，似召唤牧人赶圈牛羊和马群。

风，带来了喜讯，一冬的冰雪将在风中融化，在大漠的风中，草绿花红，风雪草原要迎来春的黎明。

今晨，在大风中，我走进科尔沁草原，我在寻觅大漠风中的足印。

草原的风让人沉思，给人振奋的力量；

草原的风给牧人带来了迷人的画和芳草连天的黎明风景。

寻 觅

我在寻觅，那一骑又一骑的飞箭似的坐骑，如惊雷，似闪电。

那绿色的军衣，那红星的帽徽，那红色的领章啊，在草原上闪耀。

啊，我在寻觅着，边防军人对祖国的忠诚、对草原的深情，……只因为边防军人在边境巡逻，这草原才有和平欢乐的建设生活，牧人才有辽阔而高昂的歌唱。我要把心里的歌唱给亲人边防军，啊，我在寻觅。

老牧民说，无须寻觅，边防军说来就来，说飞就飞。老牧民正说着，耳边又响起嗒嗒嗒嗒的马蹄声，由远而近，又由近而远，势如闪电……

烟

夕阳的晚照里，牧铺上，每每升起缕缕炊烟。

淡蓝色的炊烟在金色的晚霞里，袅袅而起，缭绕在湖上，展开了引人注目的画图。那底色，那画框，那图样，多么引人遐思。

有了袅袅的炊烟，就有了暮色中的牧歌。那丁零丁零的铃铛响了，牛羊牧归，牧人在歌唱。热烈喧腾的草原就要进入香甜的梦乡了。

暮色中的牧歌告诉你，草原要进入梦乡了。

这时，边防军人的马蹄和着悠扬的牧歌在草原的边际上响起，烟云萦绕的雾霭中的草原，真的要进入甜甜的梦乡了。

曙

挤奶女提着奶桶到牛圈去了，早霞为她们披上鲜艳的纱巾。

响起铃铛来了，放牧人来赶羊群了。

骑在马上的牧人，赶着艳红的太阳。

牧场上有牛羊的哞咩声，有马的嘶鸣，更有牧女们的歌声，这就是早晨的牧场交响诗啊，草原迎来了早醒的黎明。

挤奶的奶桶满了，一桶桶装进了大奶箱，奶香歌也甜，科尔沁草原沐浴金色的阳光。

蓝色的小花

蓝色的小花，你开在草原上，牧民们曾叫你媳妇花——一种带着小喇叭似有两滴泪珠儿滚动的小花。我看见你就想起过往年代妇女们悲苦的生活。

蓝色的小花，你开在草原上，看着你带着泪滴儿的花朵，令人久久凝望，苦苦思索。

今天，绿草上映着火红的云霞，看见你就看见今天草原女儿喜滋滋的笑脸和愉快活泼的形象，那两滴泪珠儿已变成了水润润的笑脸，呈现出浅浅酒窝的小花。

蓝色的小花，你开在草原上，你迎着阳光和朝霞开放，你是献给草原人们的幸福甜美的小花。

迎

云雀在湛蓝的天空中欢叫。

颜吉戛花在草地和河畔开放。

西拉木伦河畔响着洞箫和唢呐，手风琴奏出迷人的牧马人的歌。

啊，牧铺里的人们全知道，牧民们个个在欢笑。

迎接桑吉扎布从海防的岛上归来，老额吉激动得热泪涌流。
从海岛上归来，又回到绿色的草原上。
老官布（我们的书记）打从心里高兴，他又有了帮手，草原的民兵们一个个在欢唱一首跳跃的歌——

欢迎，欢迎，我们的民兵老班长啊，
来吧，快回来吧，我们又在一起放牧；
我们一起在草原上放牧马群和羊群，
我们一起唱歌，一起在马背上放歌……

云雀在湛蓝的天空中欢叫，颜吉戛花展开亮灿灿的笑脸。啊，
欢迎你呀——桑吉扎布，从海防的岛上又回到我们草原的家乡。

牧歌声声

清晨，草原上湿漉漉的牧草上闪着晶莹的露珠；
清晨，战士驰过草原的牧村，炊烟绕着五彩的云霞飘逸飞散，
啊，草原上响起了牧歌声声。
战士飞马过牧村，老阿妈又在村边等望着。阿妈招手了，

像战士的母亲。阿妈说：“快下马吧，快进包里喝碗温热的奶茶吧，又是一夜巡逻。我们却在甜蜜蜜的梦乡中！”

战士未下马鞍，他也听不清阿妈的语音，他向阿妈挥手，致以亲切的问候。

“阿妈啊，我要回到营房去！”

阿妈也没有听清战士的话，她还是在村边凝望。

牧歌声此起彼落，草原上的黎明喧闹又清爽。边防军绿色的军装，也似绿草闪动，那红色的领章和红色的帽徽在清晨的阳光下闪着耀眼的光。

啊，战士踏着声声牧歌，飞骑赶回军营。

套 马

额尔多尼和宝力高是咱们牧场的套马能手。他们骑着枣红马和白马（雪里站）好像在比赛，看谁跑得快。

额尔多尼和宝力高驾驭着奔马在草原上飞奔。

马群里挑马，一千匹里挑一匹。

奔流的马群啊，好马里挑那最好的。

沙坨子上，草垛子上，围满了观光的人群。啊，我们的额尔多尼和宝力高兴致多好，精力多旺，骑术多高！两乘飞马像流云在天边滚动。

远了，远了；近了，近了。枣红马和白马又回到牧铺的近边。

马群飞奔，马群滚动。在大群大群的飞马里，额尔多尼套住了一匹大黄马，宝力高套住了一匹大红马。骏马扬蹄，威武壮观,马儿驯服地低下了高昂的头,人群里响起了春雷般的掌声。

马群里挑马,一千匹里挑一匹。

奔流的马群啊,好马里挑那最好的。

咱们的解放军,驻守在边境,最好的草原骏马送给亲人解放军。草原的人们啊,深深的情意向着亲人解放军。

蓝色的湖

幽深的马蹄湖,在草原的沙海中闪耀,它像一块宝石,在蔚蓝的天幕下,眨着凝神遐想的眸子。

黄色的沙丘上,有金子般的流萤在闪光。蓝色的马蹄湖畔,放牧人唱起高亢激越的歌。啊,牧歌声声,在把美丽的草原礼赞。

白云般的羊群啊,红霞似的马群哟,还有五色斑斓的牛群哟,一起在湖上涂上了绚丽的身影。啊,蓝色的马蹄湖盛满了丰饶的草原盛景。

幽深的马蹄湖在草原沙海中闪耀,金子般闪光的草原上有大群大群的马群、羊群和牛群。湖面上飘荡着人们劳动后甜润润的歌声——有了这些活脱脱的色彩和音响,马蹄湖活了,笑了,陶醉了!你看那夕阳的浮光上,一层层蓝色的波纹在微笑,在荡漾……

雁 儿 行

天空上飞着鸿雁,雁阵一会儿是个"人"字形,一会儿又是

"一"字儿排开，比翼前行。

草原上飞着鸿雁，一会儿铃儿响，一会儿马蹄嘚嘚，在草原上飞腾。

天上的大雁往南飞，飞去又飞回来。

草原上的鸿雁，为牧民送信送报，带来欢乐，送去喜报。科尔沁草原上，歌声和琴声，在耳际回旋，赞歌阵阵，在牧人心中飞萦。

雁儿，雁儿，天上的鸿雁啊，你们和送信的绿衣使者一起飞奔。

渠　水

渠水从草原的珍珠湖上取了水，欢快地在绿草茵茵的原野流过，流向开阔地和果园，水花在阳光下跳跃，水渠里流着激情的歌。

水，流向果园，苹果树开花了；

水，流向奶粉厂、种马场，工人笑了，牧人笑了；

水，流向夏营地前的木槽，放牧队的赛音老人乐颠颠捧起一捧水，啊，清水润湿了老牧民的心田。

一头头奶牛来了，一匹匹骏马来了，一群群羊儿来了，一条条长长的水槽里，响起了马牛羊喝水的声音，像马头琴奏起了激越的琴音，啊，拨动了老人心中的琴弦。

草原上有绿浪翻滚的水渠。

水渠长流水，舞影泛清波！

春 风

冰冻的草地荡起了春风。

春风吹绿了水草，大地充满复苏的氛围。草绿了，花红了，草原上的宝湖映着初春的阳光，更显得绿幽幽了。

春风吹绿了草原，吹绿了草原上的丛丛红柳。啊，春风是绿色的风，我们在新绿的世界里，踏着歌声在草原上行进。

啊，春天的风，你是我们草原上青春的使者，牧女们在歌唱，马头琴的旋律在春风里鼓荡，马群、牛群和羊群都开始在草地上滚动，似蓝天的红云和白云。

啊，草原上处处有春的喜歌，歌声在人们的心中回旋、萦绕……

风雪草原

风雪在草原上呼啸，马群在风雪中狂奔飞跑。

一夜的暴风雪，三个放牧人在马上追赶着马群，可怎么也不能把马群赶回冬营地了。

草原上有咱们的边防军，战士们飞骑赶来，战士们是神奇的勇士，如一团团云彩，似箭矢在风雪中捷行。亲人解放军一到，牧马人像沐浴着春风，大家一起推赶着马群，马群像驯服的羊羔，嘶嘶长鸣，似那牧歌声声，在边防线上把战士们歌颂。

风雪的草原啊，白茫茫的风雪的边境，边防军守护着北方的草原，草原上升起了红日，又听到牧马人唱起了辽阔高昂的牧歌——

红日照耀着茫茫的草原，

亲人解放军在草原夜巡。

归

十五的月亮圆，十六的月亮更圆。

静静的草原之夜，沉浸在醉意深浓的月色里。

老牧民赶完了那达慕大会往回走，得来的哈达在风中飘呀飘，好似酒醉的汉子抖落手中的新袍子。

得的奖品：大彩电、收录机。

又购置了新崭崭的摩托车，那是给儿子和儿媳准备的。

老牧民似喝醉了醇香的马奶子酒，圆月照着他红润发光的脸。

啊，飞奔，马儿呀，浴着溶溶的月，在夜的草原上，你飞奔，你快飞奔……

一棵小树

无论是丽日蓝天，抑或是阴霾风雨，你总爱在苗圃边细心观察，不受气流气温所阻。

草原上的苗圃啊。

你在这儿第一次拿起了银亮的喷壶；你在这儿第一次流下了

幸福的热泪;你在这儿第一次痛苦失眠,那是因几棵幼苗叶黄枯死。

啊,草原的苗圃。

你是踏着育苗老人的脚印走的,老人疼爱你,因为你也像一棵小树。愿你长得英姿勃勃,也和无数小树一样,搏击风雨黎明,迎接冉冉春光。

啊,愿你也成长为参天栋梁。

落 日

日落时,草原上挂起了金丝银网的彩虹。

日落时,牛群马群向着远方的玫瑰色的天际,它们深思冥想,迈着轻盈盈的步子,要回到夏营地的营盘。

日落时,牧羊女赶着牛车去西拉木伦河运水。铃铛声,牧歌声,牛的深沉哞哞声,马的咴咴的嘶鸣……汇成夕阳下金色草原黄昏的交响音诗。

啊,日落时,我获得了草原牧歌的激动诗情……

红 柳

在草原沙河的江滩上,长着几棵红柳。

红柳,迎着肆虐的风,展开鳞片似的翠生生叶丛,风袭来,枝干挺直。

大风呼呼,说:我吹倒你们!

红柳摇摇头,回说:不! 你怎么吹都行,我们根本不在乎哩!

江风任性地吹，看着草原沙河的激流，红柳站在那里，更加坚牢。

红柳啊，你老枝黑红，开着淡红的花朵。你有豆青的叶，你向着广袤的草原和远处的沙砾。

我们在红柳旁照了几张相，有合影，也有蹲在树下的军人照。

红柳展开碧绿青翠的叶子，枝干袒露，葱茏鲜活。

啊，红柳——草原上坚强性格的象征。

龙　梅
——地质队员的回忆之一

我记起来了，我记起一个草原歌手，她的名字叫龙梅。

我们在沙漠中跋涉，已经走了七日，水快没有了，粮食也所剩无几了。我们正面临严峻的考验。

突然，我们听到了悠扬的高亢的歌声，歌声好似一泓清泉，歌声振荡了我们的心房。

啊，这里快会有人家出现，歌声引我们来到了一个牧铺。啊，沙漠之舟——骆驼得到了水草的补充，我们得到了美味的饭食，人也满精神了。

啊，这歌声好像盼望我们好久了，这歌声似是迎候我们；歌声激励了我们，歌声给了我们力量。

那天夜晚，我们听龙梅歌唱，我记录了她三七二十一首歌。啊，龙梅的歌，后来得以出版，草原上的人们奔走相告。

自那以后，已经过去了好多年……

龙梅啊，你还在唱吗？我多想再到你的身边，再一次听你歌唱，再一次记下你唱的新歌。

红柳迎着沙河上夕阳的余晖和呼啸的风，更加显出旺盛的生命力！

有一朵花

——地质队员的回忆之二

月亮升起来了，月亮照进了帐篷的窗子，望着荧荧的月色，我的遐思悠悠。

啊，我发觉窗子旁边，我的写字台（我用一个粗笨的木箱架起来，就成了一个别致的写字台啊）置放了一盆萨日朗花。

啊，灼灼的，红色的花儿，向我微笑；是她，是她给安放在这儿的。她也是一个地质队员，可她是副队长，她和几个女队员在另一个帐篷；我，我是一个普通的地质队员，一切都要认真学习，认真对待。

我看见这朵花儿，心情就异样激动，于是，在我完成了一天的踏查任务之后，我铺开了稿纸，我开始写作草原诗篇——

啊，有一朵花……

碑 石

草原袒露广袤的浓绿的胸膛。

草原上羊群和马群，在蓝幽幽的湖中饮水，湖水和蓝天一色。

啊，多么广阔，多么宁静，多么喧腾。

我漫步在草丛，看一块斑驳的碑石。这是一块界碑啊，我们有边防军在边境巡逻，草原上牧歌悠悠。

碑石告诉我：我们神圣的领土不可侵犯。科尔沁大地绿草如茵，牛羊成群，骏马飞奔，牧群里响着清幽清幽的歌音。

界碑啊，你是两个国家疆土的分界线，我们祖国的领土广袤无垠。边防军和草原的民兵并肩巡逻，保卫我们草原的建设和安宁。

我注目这块斑驳而古老的界碑，我心中无比激动，我为我们的祖国歌唱，胸中荡起满腔豪情。

生　日

马奶子酒啊，最香最醇。

当我们来到老牧民朝鲁家里，正赶上一个盛大的集会，老牧民高兴极了，热情地将我们迎到酒席桌边。

原来这是给老牧民乌巴特尔做生日，村里的老人都来了，公社的干部也来了！

老乌巴特尔是单身一人，两个儿子在解放战争中光荣牺牲；老人还有一个女儿，在北京民族学院毕业后，又留在学院当了教师，老牧民说啥也不愿离开草原。他是我们草原的活字典，他是牧民的好参谋，公社书记常来找他，向他请教。他是草原百折不弯的红柳，他是牧民喜爱的歌手，他的马头琴啊，能奏出牧民的心曲！

马奶子酒啊，最香最醇。

饮马库音湖

清清的库音湖，草原上沙海中的宝湖。

沙海边有绿茵茵的草地，牧民们在这儿设置夏营地，每到夕阳西斜，牧民便赶着大群大群的马，到湖边放牧。

> 嗨哟嗬——那蓝色的湖，
>
> 那碧清的水——嗨哟罗，
>
> 库音湖——我们的宝湖，
>
> 我们心中的湖——库青湖……

牧歌声声，悠扬舒展。歌声荡在清幽幽的湖面上，歌声直飞上那晚霞如火的天空。

清幽幽的、蓝色的库音湖，是牧工们在修筑草原公路时开挖土石方时发现的水源。清泉水不断头儿地奔涌，旗里和盟里动员了数万农牧民工，就在这沙海中开挖出了这个人工宝湖。

饮马沙海边，牧歌荡金湖。库音湖，沙海草原的宝湖，一湖的银鱼，一湖的歌声。

盅 盘 舞

在和远方客人联欢的晚会上，我们特别喜欢那仁高娃和乌云其其格的盅盘舞。

那仁高娃和乌云其其格，身着蒙古族的袍子，足蹬皂色长靴。跳起时，一手拿一只小盅，用两手指夹一根银针，丁丁，丁丁，清脆的盅声，伴着舞姿，节奏是那样清新明快，舞姿是那样灵巧舒展。

我想起来了，这两个姑娘不就是白天在奶粉厂看到的两位女工吗？在展览室里正是她们给我们做了有着诗一般语言的讲解。

"她俩是亲姐妹，她俩还是一对双儿呢，爸爸是放马人，妈妈年轻时也是乌兰牧骑的歌手，母女们都是跳盅盘舞的能手……"

旗委书记扎布一边观赏舞蹈，一边悄悄地给我介绍。

盅盘舞，舞到高潮处，演员便大弯起腰，把头探到地毯上，以头顶盅，不倾斜，不落。这神奇的盅盘舞，给我们带来了欢悦的激情。我看到辽阔草原上，一个歌舞民族荡起了青春健美的身影。

挤奶姑娘

牧场上有 13 个姑娘。姑娘们个个会唱歌，歌一出口，便博得牧民们的掌声。

可她们最愿唱的，经常唱的是挤奶歌——

呀咿哟啲，哎呀哟嗨，

牛呀哟嗨，牛唉牛啊，

乳白的奶哟流呀流成河……

奶牛下奶时，最爱听姑娘们的歌唱，每到挤奶时，迎着蒙蒙的曙光，牧场上回荡着《挤奶歌》（也叫《劝奶歌》），悠悠的歌声，连绵不断，奶牛下奶了，奶香歌也甜。

牧场上有 13 个姑娘。姑娘们个个会跳舞，她们的舞姿优美舒展，像燕子飞翔，剪绿了草原，荡来了春风；似鲜花开放，为草原频添彩虹也似的春光。

姑娘们最爱跳的还是挤奶舞。白花花的乳汁，似喷泉涌流，那是她们挥动的白纱巾；红霞朵朵在绿野上升起，那是姑娘们手中舞动的红绸巾。

啊，我们牧场上的 13 个姑娘，像萨日朗花，开放在草原上，牧女们迎着艳红的阳光，在草原上劳动，在牧场上歌唱。

勒 勒 车

啊，草原的牛车——勒勒车。

我们乘坐着勒勒车，在草原上行进，牛车上金色的铜铃铛——叮咚、叮咚地响着，这古朴而别具风韵的画面，足以令我们回到原始的草地去。

为坐勒勒车，我们昨晚还在一起争论，放着现代化的汽车不坐，也不骑上草原的黑骏马。老牧民沙仁仓决定：还是坐牛车吧。

叮咚，叮咚，嘎悠，嘎悠，我们来到了熬森套宝。

一座现代化的奶粉厂，伫立在草原上。一片厂房，高楼接高楼，厂房后面是一排一排鹅黄的、乳白的职工住宅，像鲜花朵朵，开在草原的深处。

我们乘坐的三辆勒勒车，停在工厂的礼堂院子里，工厂的宣传干部，像迎接亲人那样厚待我们，盟里的文工团正在这儿演出，乌兰牧骑队员排列在两旁，彩雨、红花泼洒在我们的头上、身上，啊，我们被当作草原上尊贵的客人接待。

等我们看完演出，勒勒车却不见了，扎布书记说，勒勒车被乌兰牧骑队员发现抢走了，他们正需要来做道具。

新婚的晚会

在那仁花和巴特尔新婚的晚会上，特木尔巴根奏起了四弦琴。

四弦琴的音韵，铿锵入耳，似骏马在草原上奔腾。

四弦琴优美的旋律，如明亮幽静中泉水的叮咚，又似小溪流动，响起淙淙的和鸣。

洒脱端庄、秀丽妩媚的新娘那仁花敬烟来了，牧场的放牧者都来祝贺。喝罢了醇香的马奶子酒，人人都有几分醉意了。

在那仁花和巴特尔新婚的晚会上，朝鲁老人拉响了马头琴，如万马奔腾，又似高山的瀑布，如诉如醉，轰鸣嘹亮，又像那淙淙流泉，在牧人们的心上回应。

那仁花给老人敬上一杯马奶子酒，六月的草原沉浸在花海、月海和歌海之中。

山里的孩子

苗　圃　里

来到这里,树苗青青,一畦畦,一格格。啊,这苗圃碧绿青翠,这苗圃充满着春天的气息。

来到这里,老爷爷领我们看各种各样的树苗。

啊,有红松、落叶松、樟子松、赤松、长白美人松……松树就有几十种。

啊,有杨树:青杨、大叶杨、钻天杨、山东白杨、北京杨。

啊,还有水曲柳、楸子、胡杨、黄波椤。

老爷爷一边给我们讲,一边指给我们看。

来到这里,我们走进了绿色的宝库,我们走进了树的海洋。

啊,老爷爷,你培育这些树籽、树种和树苗,你懂得每种树的个性、特征,你为长白山育苗,你造福于人类,你为社会主义培育栋梁。

来到这里，树苗青青。啊，春天跟着你走呀，老爷爷，把树苗培育，我们看见这儿有多少树苗啊！我们也看见有许多育苗的大哥哥、大姐姐，他们都是育苗的能手，他们也都是老爷爷亲手培育的育苗手。

啊，青山不老，树海常青，看这绿色的世界，树海茫茫。

我们跟着老爷爷，在绿色的世界、在树海茫茫中漫游！

老爷爷抚摸着我们的肩头，他说：

"你们也是我们长白山区，不，也是我们伟大祖国的好苗苗！"

少年防护林

我看着虎生生的森林小学生，也读到了他们热情的诗句：

十里少年防护林，

桦树杨树挺着胸，

种树英雄在哪里，

森林小学红领巾。

十里少年防护林，

棵棵树儿像哨兵，

狂风暴雨不敢来，

林海景色爱煞人。

　　读着这样的好诗，怎能不使人激动！这是森林小学的学生写的。他们是植树小英雄，也是森林里虎生生的小诗人。

　　我来到这里，正是暮春，在白涧子垦殖场住了十几日。这里是新垦区，林业工人在这儿安下家，也不过二三年。随着树林子里的伐木声，带来了欢腾腾的歌声，在林海里整日可以听到这动人的歌唱。

　　伐木工人用劳动、用汗水，迎接着一个个闪光的黎明。

　　是呀，伐木者唤起一轮红太阳。

　　每天早晨，我们森林小学的学生，迎着红太阳在林子里做操。

　　一——二——三——四！

　　一——二——三——四！

　　森林小学的学生迎着太阳做操，迎着太阳读书和歌唱。

　　早晨，在"十里少年防护林"带上，树林子抹上了一层金红，白鸟叽叽啾啾地在争唱着春天，它们想把春天留住。可是它们的歌声却不及森林小学生的歌唱悠扬、动听。他们唱得春天不愿走了。

　　听着这样的歌声，怎能不使人激动！我坐着森林小火车跟万书记到红石砬子去见一位伐木英雄。森林小火车在"十里少年防护林"带上行进。我看着这排排挺拔的小树，一股对森林小学生的敬意油然而生：

　　再过 10 年、20 年来到这里，"十里少年防护林"会是一片大森林，棵棵树木可以做栋梁；而那些种树的红领巾则会成为国家的栋梁之材，会成为人民的英雄！

张着小伞的草蘑啊

啊，春天刚刚迈着步子要离开科尔沁大草原，这时候，夏天却悄悄地来到了草原。

孩子们在草地上欢腾雀跃，他们是多么渴望着夏天的到来啊，草原上的水库可以尽情地游泳，把皮肤晒得黑黝黝的。而他们更加喜欢夏天的雨季，一阵风，一阵雨，草啊，绿得发蓝了，多么好呀！草地上处处开着花朵，他们不就是一朵朵盛开的鲜花吗，开得多么可爱。

在冬天，朔风把草根一丛丛一片片吹到了牛羊集中的低凹地方，那牛羊总踩的地方啊，就很自然地裂开了缝，草根根吹进了缝里。等到春天，嫩绿的草长得多好！到了夏天，大雨过后，孩子们就闹着来采草蘑了。一圈一圈，一丛一丛，啊，那张着乳白色的小伞的草蘑，那张着杏黄色的小伞的草蘑啊，多厚啊，多好呀！

孩子们唱着自己编出来的歌儿在采草蘑——

我们是祖国的花朵，
我们开在草原大花园。

草蘑张着小小的伞，静静地顶着晶亮的水珠儿，露出微笑的脸蛋，欢迎啊，欢迎孩子们来采摘。在歌声中草蘑进了小筐筐，而有的草蘑却正在做着梦啊，它们要到祖国各地去旅行。

雨中的歌

狂风住了，山雨来了。

山雨阵阵动心弦。

雨天啊，是你最繁忙最劳累的日子，因为你是最关心孩子们呀！

雨天啊，也是你最愉快的时节，因为你要把我的同学们送过河去。

回想起来，这里过去是没有桥的，一弯溪水从山间流过这个边境的小山村。你在雨天，将一群群孩子运送过江去，大孩子在你的感召下，光着脚，挽着裤腿，仰天长歌过江去，你却抱着最小的，背着走不动的孩子，一次运送两个，一次运送两个，一直把我们这些小同学啊，都送过江去。雨点打在你的头上，水珠儿扯着线流淌，分不出你头上脸上是雨水还是汗水。大孩子手拉手，一边蹚水，一边歌唱：

大雨大雨快下吧，
河水河水快涨吧，
大雨大雨浇浇我，
太阳出来照照我。

你也加入了这个合唱，你也和孩子们一起欢唱，一起说笑，孩子们感到多亲切啊！

从彼岸又过来了几个孩子，他们说：

"老师，快！快！我们也来接小同学了！我们也来接小同学了！"

等所有的孩子都过了江了，你心里是多么畅快。

你说：

"同学们，好了，你们一起回家去吧，别忘了，今天晚上还要把作业做好，明天带到学校，我要检查，明天见！"

同学们齐声说：

"老师再见！老师再见！"

同学们在招手，你也在招手。

你只是一个 23 岁的老师，也可以说，你是我们的大姐姐，你却有一颗慈母般的心，时刻温暖着我们。雨滴答答，好像鼓掌啊，把你夸赞。

雨滴答答，好似我们心中的话。

啊，现在这里已经有了又长又宽的公路桥了，每到下雨天，你还是将我们护送着飞跑着，让孩子们愉快地跑回家去。你顶着雨啊，欢快地在长桥上走过，任雨丝将你的身子淋透。你豪爽地漫步在林区的跃进桥上，你哼着我们唱过的歌：

大雨大雨浇浇我，
太阳出来晒晒我。

歌声飞荡在山谷，歌声在孩子们和林区的人们心中回应着。啊，狂风住了，山雨停了。

山　雨

爷爷教给我一句古诗：

山雨欲来风满楼。

的确是这样，阵阵发狂的、打旋的风，卷起一堆堆树叶，风刮起来，直抽打着一棵棵大树，大树的粗干一动不动，可那小树却打着战。风啊，你是一个大力士，你的力量有多大，你要把树都拔起来吗？！

不论是大树或是小树，它们的枝叶虽然摆动，可它们并不怕狂风。

狂风过后雨淋淋。可是我看见伐木工人叔叔却不顾狂风暴雨，他们照样打着劳动号子：

嗨哟嘿嗬，用力抬哟！

嗨哟嘿嗬，上大垛哟！

拉原木的拖拉机也不熄火，突突突突，把山冈震动。一棵棵又粗又长的原木，就这样在风雨中不停地往高长。啊，这里山雨阵阵，可并没有影响伐木者"归楞"。

"山雨欲来风满楼"。狂风暴雨中楞垛在长高，伐木叔叔在风雨中继续归楞，劳动号子声在林海里飘荡，劳动的歌声传得很远很远……

小　松　树

在新开的山场采伐过后，我们在老伐木人的引导下，又栽下一棵棵小小的松树。

我们林场不光是伐木，而且还要育林，这就是伐育结合、采培相间，这就使得整个山区青山不老，绿树成林。

啊，我们栽着小小的松树，这不是柏山爷爷苗圃里育出的小松树吗？他风里雨里五六十年了。他就是和松子、松苗打交道哩。他育出的树苗有多少？一捆捆，能装多少列火车，有多少座山峰和山坡栽上了它？谁能计算得了，谁能查看得清？我们周围的山山岭岭到处都有柏山爷爷育出的松树。

柏山爷爷说，我们也像是一棵棵的小松树。我们要和小松树比着往高长哩，同为祖国献青春，同为四化做贡献！

育苗老人

到了植树的日子，这里喧嚣而热烈，那从林业局机关来的干部，那从省城来实习调查的大学老师和学生，那来自美术学院的写生作画的许多画家，还有我们附近林场的工人家属和我们森林学校的小伐木人，都赶到你的苗圃来。

在你亲切的指点下，大家精心地挖取树苗。一捆又一捆的树苗，将运到各个山场去。

不仅植树的日子是这样，在平常，我们也来到你的苗圃。我们不光在课堂学习，我们也向你学习培育树苗。你啊，也像培育小树苗那样关怀和培育我们。你说我们也是山里的一棵棵树苗，你要我们生根长叶。我们要努力往高长，我们也要争做建设四化的栋梁。

踏 查

前面又是一座山，山高路又远。

踏查队员一个一个攀登向前。年老的生物系教授马爷爷，他已 69 岁，挥动着一把小锤：

"同学们，上！在我们面前，没有上不去的高山，要想得到标本，要想掌握资料，只有不畏艰险，勇于攀登！"

我是一个带路的编外的小队员。听妈妈说，马爷爷过去上过这座山，这山叫作哈尔巴岭，岭上有座牡丹峰，为了治林场书记的寒腿病，上山去挖药材。

我是一个带路的编外的小队员，今天，我在马爷爷的影响下，我在那些生物系大学生的鼓励下，我也来登攀！

山高，考验我们的意志，山高，磨炼我们的脚板；困难，那有啥，我们就是迎着困难和艰险上去呀！

马爷爷说得多好：

"在我们面前，没有上不去的高山。"

高山一座又一座，登一座高山，就是经受一次考验；上了一座高山，就得到一次胜利。我们的脚下云蒸雾绕，我们的心上插着火红的旗帜，我们一步一步，高山低了头，意志比钢坚！

听　涛

在七月盛夏的草原上，我躺卧在草丛间看天边的流云，听西拉木伦河奔腾的激流，品味那滚滚的涛声。

我好像听到了大海的潮音，狂澜激荡，犹似巨手拍击着海堤，爽快而又欢愉。

我又似听到了林涛的吼鸣，是森林里奏起了交响诗吧，那是北方林涛的呼唤。涛声在呼唤，让我们为祖国献出更多的栋梁之材。

草原——海洋——森林，我们的祖国美丽富饶，广袤的大地雄伟多姿。

犹在草原上，似在森林中，又犹似谛听于海滨。我们的心音回响在祖国母亲的怀抱。听着草原的草浪，听着原野上的流水波涛，似听到了祖国母亲怦怦的脉搏，听到了祖国前进的足音。

绿　叶

我在日记本里夹着两片绿叶。

绿叶，翠生生碧油油的绿叶，它的生命力非常旺盛。那叶片上还有经络条纹，还有优美的图案。我们森林学校的老师曾对我说，绿叶是林海的诗魂，长白山里有针叶林和阔叶林，也有针叶阔叶混交林，还有地毯似的地衣林子，那是在夏季时不见树的五颜六色的花圃林子，是在长白山雪线以上的静美的林子……

　　绿叶，我的日记本里夹着两片绿叶。每当我晚上写日记的时候，我都要翻看这两片绿叶。现在虽然是白雪茫茫的冬季，长白山里一片银白世界，可伐木叔叔已进入了黄金的采伐期。我看着这两片绿叶，虽然我们林场已是银装素裹的冬日世界，可我们一排排的林中小屋却暖风习习。我看着这两片绿叶，我的笔端涌出春天山涧的清泉，我有一支支春天的歌要唱给你们听呀，伐木工人叔叔！

　　啊，北方山区的冬季虽然很长很长，而春天的气息却又浓郁又妩媚。

　　翻看这两片绿叶，啊，长白山的春天，你在伐木叔叔的隆冬采伐歌声里；春之歌在我的日记里，也在我们林区的学校里；春之歌在北方林海里回旋。

山里的孩子

　　"山里的孩子心爱山。"

　　记不得是一首什么歌这样唱过。

　　是啊，山里的孩子，有山样的纯真。他们一生下，就在母亲的怀抱里；而娘啊，是在大山的怀抱里。

　　多少年多少代，山里人繁衍自己的后代，大山给了他们纯朴淳厚的性格，大山给了他们广阔的胸怀。

　　山里的孩子啊，出门见山，梦乡里还在山上奔突；那学校，在山上建立，山上的石头筑建了山墙，他们听老师讲的第一课就是《祖国的长白山》。

啊，我见过许多山里的孩子。闹山沟林场场长的儿子问我："你们从城里来，城里有山吗？"

我说："没有，城里有公园。"

"什么公园，我们山里是个大公园，要什么，有什么！公园哪有大山好！"

多好的孩子啊，自从我进了这北方的山区，我也日渐一日地爱起山来，我也和山里孩子们唱着一支歌——

"山里的孩子心爱山，大山有树，大山有金……大山是母亲的山，我爱妈妈又爱山！"

爱　山
——记一位画家

我又看见你了，你还是那样洒脱，那样执着，那样饱含着激情画山、画水、画自然保护区的一景一物。

又见到你了，你宽厚的嘴唇闭得紧紧，可你有一双犀利的眸子，你总是不停地在思索，不停地在写生。自然保护区的老局长说，我们的画家就是爱山，一天不摸笔，就像没有了灵魂，你生活在保护区的工人中间。

你的画展在自治州里展出，吸引了许多观众，大家为你的《大山组画》而倾倒，你为大家的热情而激动。

为了送出你精心创作的几张全国画展的作品，你奔走省城、北京，一旦离开了长白山区，你就急得什么似的，事一完成，便星夜返程。人说，你心里只有一个"山"字，可你执着的爱、顽强的韧性，对艺术、对大山的思索与不断探求，这是对党的深情，这是对我们祖国山山水水深沉的爱恋，你才有火热的《山场剪影》，你才有抒写流畅的《长白飞瀑》……你用画笔唱出对深山护林者和伐木人的《大山恋歌》。

啊，又看见你了。你又说，大山是我们的母亲。……

昨天的日记

记日记，这件事情很好。

你们记日记吗？可以记日记。

记日记，这是我舅舅对我的要求。记得他从部队转业回到林区，送给我的礼物，就是两个笔记本。笔记本，绿色的封皮，红色的字，印着"工作和日记"五个字哩。

舅舅对我说：

"小锁柱，舅舅没有什么好东西送你，送给你两个大本子，你得天天写日记，把你的思想、学习、进步情况都记下来！"

我很高兴，因为我得到两个好本子，但叫我记日记，这多麻烦，本来我的作文就不好，我也不愿写作文，还得天天记日记，真是没有办法，但我又不好不接受舅舅的意见，他说得对呀，我说：

"记日记，还得天天写，我不干，我一个星期写一次，一次写七天，行不？"

舅舅不太高兴，他说：

"这小子，真懒！那叫什么日记，那不成了周记？日记要天天写，而且不能是豆腐账、流水账，要写你受感动、受教育最深的事，坚持下去，进步才大！"

我也不好说什么，就答应下来了。

舅舅还不放心，他紧接着又说：

"小锁柱，记住，我要检查，不好好干不行哟！"

"舅舅，看我的行动吧！"

这是我简单而又坚定的回答。

时间一天天过去。开始几天，我真记了。一天一篇，记到第七天，这已经是一个星期了，正好忙于复习功课，又在少年气象站值了两天班，把这记日记的事，忘得一干二净了，已经五天没有记了。

舅舅来家了，他第一句话就问我：

"怎么样？小子，拿日记来看看！"

我说：

"日记不能随便看，这是自己的事，哪能公开？"

舅舅点点头，他说：

"说得也是。我问你，坚持了没有？"

"怎么不坚持？天天记，不信，你看看。"

哎呀！这一下说走了嘴，舅舅真找我的日记看，翻抽屉，翻书包，舅舅找到了我的日记。一边看，一边微笑着，一边点点头，一边还自言自语地念叨，看到后来，他不高兴了，对我说：

"怎么？就写六天？这几天呢，怎么没有接着写？"

"舅舅，我很忙，我忙不过来呀！"

"忙也得写，越忙越要挤时间写，要坚持。"

我向舅舅做了检查。舅舅狠狠地批评了我，说我不应该总写自己怎么好，要严格要求自己，把自己的缺点、毛病写出来，要克服，要多记别人的优点和长处，多向老师、同学、周围的人学习。我记住了，我坚持了。这是昨天的、以前的日记。这中间，当然也出现了反复，但又坚持，又进步了。

我是一个伐木工人的儿子，我的爷爷是老木帮工人，受尽了苦，我们是小小伐木人，因此，我要像舅舅说的那样，记下小伐木人的意志、理想和前进的脚步！

绿色的长白山区的森林啊，你是我们祖国的骄傲！

我要永远学习不自满。

雨　点

下雨了。

雨点儿敲打着北方的田野和图们江边的果园。雨点儿把窗玻璃打湿了，水珠儿像串串珍珠映入眼帘。

雨点儿，像鼓槌儿，敲打着流动的奔涌的桃花水，像一面发光的长鼓在擂响。

雨点儿，细密地敲打，奏起延边大地上原野和山谷的变奏曲。

啊，趁雨天，快唱一曲欢快流畅的歌吧。雨点儿是生命的歌，呼唤着绿色的春天。

在图们江畔，孩子们跳着蹦着在雨中，把绿色的春天来欢迎。

脚印·小诗

几天来，风雪交加，我们森林新城，可真成了"雪国热闹镇"了。

是谁第一个在雪地上踏出第一行脚印？我们的山榆老师说，第一行脚印，就是一行小小的诗。

是谁每天早早来到学校？我们全班的人，你看看我，我瞅瞅你，谁也不肯明说。老师说，是班长姚闹枝，还有……她第一个踏出第一行脚印，紧接着，人就多起来了。小闹枝把学校的院子清扫，不一会儿，我们也都来了，大家又跳又唱，把学校院子和附近的山路清扫得干干净净。我们呼吸着山野清新的空气，我们呼唤着早起的小鸟儿，我们迎来冬天的太阳，我们迎来一片灿灿的艳艳的霞光。

山区的冬日肃穆严寒，可我们心里却有温暖的阳光。大山披着皑皑的白雪，等待着明媚的春天的到来！

长白山后代

老人领着我们从原始林子归来。他走在返家的路上，越走近村子，越有喃喃絮语不断——这都是过去，这都是过去；看我们今天，看我们今天……

还没有进得村子，只见一群一群的年轻人去参棚劳作，去鹿场喂鹿，去水库捕鱼……看他们的装束，足令我们欣喜——男的是夹克卷毛牛仔裤，女的则有长发披肩裙裾翩翩。

听说老人的儿子们都分开居住，老人盖房五间，老二成了专业运输户，老三承包一片参园，四丫的女婿却在乡里当了书记，九个孙子孙女各有各的抱负，有的上了大学，有的做了泥瓦木工，有的成了小学教师，还有一双在外地经商……

老人的村子也常有汽车来往，林区的干部常来猎户家做客，老人常忆起过往岁月，子孙们却笑谈海南特区新闻，又讲起北京、长城风光。猎人的故土有过往昔辛酸的回忆，也有今日甜蜜的欢唱。

我踏着北方神奇的土地，不尽的话语涌上流畅的笔端……

小　街

多么热闹的小街。

这里有书店，有水果门市部，有百货商店，有"大山旅社"。老场长对我说：这儿以前是红松的乐园，是当年新的山场采伐区，我们在这儿采伐作业，整整干了几个冬春。

多么幽静的小街。

夜里两面的店铺和机关，都上了绿色的板门，啊，在这儿走过，好像小街已经熟睡，小街啊，你进入了梦乡。

一条森林新城的小街街头和街尾，还有两片高大的长白美人松。那是当年开采中特意留下的母树标本。街两边也开始植树，栽下落叶松，种下黄榆和绿杨，愿小街像一只起飞的孔雀，在长白山区的林子里注满阳光，充溢抒情的诗兴。

蹦　蹦　桥

啊，长白山，山间的蹦蹦桥，简捷便当，方便群众。

两岸青山，一弯绿水，人们生活在画中。蹦蹦桥就是画卷中的一道飞虹。

扯两条钢丝连接，一块一块的榆木板就钉在钢丝上，这边拴住大树墩，那岸牵着大青杨。蹦蹦桥，林场的简易便桥，这是连接两岸的纽带。

啊，蹦蹦桥，怪不得外地来的画家在你身边写生，把你也装进画谱。你给人们一种活力，也带给我们深山老林一片喜庆的色彩。

青　与　蓝

我们的林区小学办得很有生气，学生尊敬老师，老师热爱学生。伐木工人的子女可以在就近的小学念书，林区的小学，跟着林场搬家。

我们的女校长是个50岁的老教师，她对学生严，她对老师更严，有个年轻女教师是她的学生，她从城里来到山间。

"老师，我觉得这里太偏僻，这里的教具和设备，远不如城里。"

"今天是这样，明天就发展了，我总是跟着林场走，越走越有奔头！"

这一对女教师，把青春献给了北方的山区，她们用心血谱写着北方林区的春天。

几年的艰苦创业，林区发展了，学校也前进了。

老校长介绍我们的老师入党了，林业局的干部也来参加林场的庆祝大会，这两代教师和全校师生一同向前。她们像母女，她们是战友、是同志。青春和热血为祖国林海的花朵而燃烧，我们也像林区的小松树，沐着雨露，迎着阳光在林海成长。

理　想

理想，这是一幅美丽的图画，每个人都有自己美好、伟大的理想。

你呵，一个伐木工人的后代，你一生下就在林场上看见飘飞的旗帜、红色的集材拖拉机、绿色的树海、绿色的油锯。你是在绞盘机马达的轰鸣中长大的，从小就戴着父亲的林中盔帽，穿着不合脚的森工鞋，踏着山路长大。再长大些，你就在森林小学上学。

看着莽莽林海，你学着爸爸的样子高声喊话，你在白桦树皮上写下：我的理想是伐木，又把小树栽上，让它长大。林海是你的家，你要把它建设得更美好。

理想，在你的心中开出烂漫的花朵，北方林海是一幅雄伟、富饶、壮阔的图画，你将把它描绘得更艳丽、更理想。

高山的温泉

我早跑在长街上遇见了你，你正汗流浃背，你忙向我招呼，我向你微笑问询。

啊，你原是一个瘫痪的病人，如今，你却体魄健壮，在长街飞跑，像一头小鹿飞奔。

啊，我想起了长白山上的温泉，是温热的矿泉水治好了你的寒腿，又洗涤和慰藉了你的心胸。

我在全国的滑冰赛上，看见你夺得了好的比赛成绩。我记起来了：你曾在长白山上的冰雪世界锻炼着自己，在高山的冰场舞蹈，在长白山上滑雪飞翔。高寒的山区锻炼着身心。你的心啊，更宽广，你的舞姿，更为健美。

啊，我想起了长白山上的温泉，温热的矿泉里有你健美的身姿。

啊，我想起了高山的温泉。

长白山上有边防军战士，他们日夜守护着美丽的天池和高山的温泉！

深山龙潭

这一潭湖水，似深夜挂在丛林中的月亮。

这一泓湖水，又像一面又圆又大的宝镜，镶嵌在这大山的深处。

这深山的龙潭，每到夏天，接待着四方八面的远方游人。

啊，是火山喷发时，留下这大山的明亮的眸子吧，我多少次来到这里，久久不愿离去。

如今，这儿修起了发电站，这龙潭的水哟，在夜色茫茫中亮在山间。

参场、药厂、林场、林区小学、森林新城……到夜晚，山区的人们就望着颗颗明珠微笑、欢呼。

绿色的边境

车在雾中行

出延吉，向图们，走珲春，去防川，千里边疆色青青。绿色的边境啊，你给我们壮豪情。

翻山岭，九九八十一道弯，盘山路，车在雾中行。

车在雾中行啊，雾绕车身转。雾蒙蒙，车匆匆，绿色的边境呀，水多情，山几重。

看见了呀，边防战士走在山路上，他们和民兵们进入了深山。山在蒙蒙雾色里，战士们能把雾看穿。

一轮太阳升起了，雾气渐渐消散。看，百合花，红似火，它们好比战士火红的心。

看见了呀，图们江像一条玉带在密林中出现，又在绿色的树海中掩藏。

看见了呀，图们江似白练当空，紧紧牵动着我们的胸襟。

看见了呀，江对岸的火车吐着浓烟前进，这边汽笛叫，那边山回应。火车啊，载着中朝人民的友谊，在奔腾前进。

汽车啊，走得缓慢了，好像是让我们仔细看看，中朝人民的友谊啊，就像清澈甜美的江水永远流不断。

车在江畔行，绿色的边境呀，千里边疆色青青，不管是日里走，夜里行，心潮澎湃响着边陲的歌啊，高歌传林海，越长空！

春 雨

细雨丝丝，细雨丝丝。

细雨染绿了山峦，浇绿了秧田。啊，秧苗在雨中更茁壮、更翠绿、更富有生机。

图们江畔的防川啊，军民同战斗。

连长带着战士来帮社员插秧了。他们曾和民兵们同训练，同巡逻，同潜伏。今天，在细雨丝丝的青山下水田里，他们又一同忙着插秧……

阿妈妮（妈妈）从村子里顶来了甜米酒。啊，军民们在紧张的生产中，更加愉快而活跃。

这时候，细雨更密，插秧的战士和社员们更加紧张，也更加欢悦。图们江水滚滚奔腾，好像也更加热情地歌唱了。军民们在劳动中更加亲密，互相在鼓劲比赛。

阿妈妮动情地说：

"叶得拉（小伙子）！快歇歇吧，请来喝杯甜美的酒！"

姑娘们在呼喊：

"海防功多木（解放军同志），快请喝杯甜美的酒！"

细雨<u>丝丝</u>，细雨<u>丝丝</u>。

春雨中山峦更绿啊，秧苗更碧绿青翠。防川的军民啊，同唱插秧歌，插下绿色的秧苗啊，插下金色的理想。等到金风送爽来，又是一个五谷丰收的金色的秋天啊。

细雨<u>丝丝</u>，细雨<u>丝丝</u>……

山　杏

山杏开花了。

山杏的花开得好热烈，她并不炫耀自己的娇艳，给人的印象却是质朴而大胆。早在春寒料峭的风沙弥漫中，在长白山区的山山岭岭，就可以看到一种质朴的花朵，开始是艳红的，呈球状，而后是雪白的花朵，这就是山杏！

山杏带着一腔热情，不顾寒冷，在柳丝刚刚吐露出新绿的山野上开着花朵。等别的山花开了，她就收藏起自己的花瓣，树上才发出碧绿青翠的叶子来。这时，春光已浓烈地来到了山山水水，正是春满人间。

是啊！山杏像勇敢泼辣的姑娘那样招人喜爱。她是春天的使者，向人们报告春天的喜讯。

啊，难怪我们山区的女孩子，有很多很多都起着这美好的名字：山杏。

欢 聚

"早齐！"（好呀！）

"早塔！"（好啊！）

随着欢乐轻快的手风琴旋律，边防战士跳起了防川朝鲜族社员爱跳的舞蹈。社员们有节奏地鼓掌击拍，民兵们也唱着歌加入了战士们的行列，愉快地跳着。啊，这是一片沸腾的欢乐的海潮。

一群朝鲜族女社员，跳着富有民族传统的《桔梗谣》舞。边防军的连长吹着洞箫，指导员用长鼓打着节拍，军民欢聚一堂，庆贺插秧生产的胜利结束，沉浸在无比的欢乐之中。

天亦有情，山川欢笑，大雨过后，夕阳正红。晚霞染红了天际，美丽的彩虹挂在天边。

东达！东达！东达东达东达！

在节奏明快的长鼓和手风琴的伴奏下，大队的支部书记和边防军指导员携手走进人群正中，这对亲密的战友同唱着一首民歌《长白山上盛开的红花》：

长白山上开满了红花，

长白山下军民联防亲如一家。

红花朵朵笑开怀，

军民联防守边卡……

"早齐！"

"早塔！"

欢快地舞啊，尽情地唱啊！绿色的边境，明朗的夏天，千里边防筑成了铁壁铜墙。唱啊，跳啊，用劳动，用汗水，用战斗迎接着又一个金色的丰收的秋天！

养 蜂 人

你站在这蜂场里，细看那一箱一箱的蜜蜂。今天，有一只蜂把你给蜇了，你那红肿得像小山似的紫红色的包，遮盖了你的左眼，使你看东西很不方便，你看着第三排第二个蜂箱，嘴里嘟嘟囔囔地说：

"这小家伙，你真淘气呀，怎把我蜇了！"

你这是和蜜蜂说话嗑牙呀，可是蜜蜂儿都藏在箱子里，它们好似全没听见。

蜂箱排成了排，每排十三箱，你为这六十五箱蜂啊，倾注着你全部的智慧和心血。从这些箱子的颜色看，有老色——紫红色，也有半新不旧的色——黑红色，还有一排是新做的箱子，前两天才刷上的乳白色的铅油，在阳光下，闪着耀眼的光泽。

养蜂老爷爷心中多么高兴，要知道哇，这儿以前哪有蜂场，要用蜂蜜做药引子得托人到数百里外的地方去买啊，那要等多少日子啊！

养蜂老爷爷的脸被蜂蜇后，左脸肿得像小山似的，左眼难得睁开，只剩下一条缝儿，你的孙女儿玉子心疼得紧呀，她给你又轻轻地擦洗，又细心地上药，她说：

"哈珞爸吉（爷爷），你别养蜂了，上果园吧。"

你咂咂嘴，笑得多甜，你说：

"莫则里（小傻瓜），我不养蜂谁养蜂？果园有你们的朴大爷，还有一班女青年;养蜂嘛,这是大伙儿选我的,我要干到底！"

"爷爷，叫二丫来养蜂吧，她高中毕业了。"

"爷爷就是这么想哩，但这得她愿意呀！"

养蜂老爷爷还是看着这几十箱蜜蜂，尽管左眼只是一条线，右眼还是蛮管用哩，他对孙女儿说：

"阿札（玉子），二丫能行啊？"

"好极了！爷爷，你看是谁来了？"

听这一声响，养蜂老爷爷仰脸打望，啊，是呀！二丫的爸爸领着二丫来了。

二丫向爷爷深深一鞠躬：

"爷爷，我向你报到来了，爸爸叫我向你好好学习，学习当个山区养蜂人！"

爷爷把二丫从头到脚打量着，他是多么高兴啊，他拉着二丫说：

"好二丫，刚才还在议论呢！说二丫，二丫到。没说的，好好干！"

养蜂场上一片欢腾。二丫洗了手，接过玉子的药布，给老爷爷擦洗红肿的眼泡，心里止不住地痛啊。

养蜂老爷爷爽朗地笑了，说：

"养蜂啊，这是前半辈子做梦也不敢想的事，我们林区有了开不败的花朵，小蜜蜂恋着也不走！"

我们林区年年月月可以吃到自己养蜂场收的蜜了，还能向国家大量交售呢！林场新村的生活啊，比蜜还要甜哩。

筑　路　者

筑路者在山坡坡停歇，他们一上午和拦路的顽石搏斗，终于将这特大的卧牛石挖了出来，推倒在需要它加固险坡的道旁。

现在，筑路者在吃午饭，饭是从工棚点上带来的大窝窝头，每个窝窝头里夹着酱肉、咸菜，他们吃得多香啊。他们一边吃饭，还一边用筷子做桥梁，架在两个石头子上，吃饭也在议论路面和桥梁。

筑路者的胸怀无限宽广，他们要使整个长白山区都四通八达，公路如蛛网，桥梁似彩虹，让山山水水放光彩，要使长白山区人民生活变得绚丽多姿！

啊，筑路者把歌声留在山谷，把红旗插在山巅。

我多么想加入筑路者的行列，做一名光荣的筑路战士！

来　信

是喜滋滋的笑脸映着红红的太阳？是太阳艳红的光照着含羞的脸？你如此深情地默念着边防军人的来信。

是信中夹着南国海边的兰草，还是有情诗，令你如此痴情地微笑，你沉浸在青春幸福的憧憬之中。

要复员了，要从南疆的海岛回到北国前沿的边防村来。要成熟了，果园的鲜桃，等待收摘，爱也成熟了，姑娘等待复员军人的到来。

南疆的海岛——北国的边防村，两颗心连在一封书信上。

秋风吹黄了山间江畔的稻田，边防村等待着青年的到来，姑娘在读着远方亲人的来信……

问 桃 林

这桃林在彩霞中被染得殷红，太阳羞红了脸，喜看桃满枝头。

桃林中有一小屋，白桦树皮盖顶，蒿草扎棚，小屋在果园中央，主人有猎枪挂在墙上，还有一座老式挂钟和几张奖状，还有一张地图，可主人哪里去了？

问桃林。

只有一条小路通向高高林莽，又折下山腰停在静静的图们江岸。老人在江边垂钓，神情专注在江湾水面。

桃子年年丰收，山间的公路很快要延伸到桃林。是将桃运往自治州首府，还是要将桃运到省城、北京？

问桃林。

桃子红红的脸上闪着灿烂的光，是点头？是答应？……

柳芽让我唱

北风过后，迎来了化冻的日子。

四月的图们江里滚动着冰块，啊，桃花水下来了。

柳芽，你这报春的鹅黄色的小鸟儿，落在江边的柳丛上，再也不起飞了。

看见柳芽儿，很快就有夏日的碧绿了。我心中正酝酿着一首夏天的歌，那是北方的春天赐给的。

柳芽就是我心中的诗，它宣告春天来了。很快，很快，北方就要有夏日的清爽和春日的温暖了。

我的诗，是柳芽让我唱给夏日的春歌。

流

清清的渠水顺着水渠往果园里流，苹果梨树笑得开着雪浪似的花朵儿。

叮咚的山泉从山涧里流向江河，江河又流向大海。

长白山顶的天池水，是三江（即松花江、鸭绿江和图们江）的源头，啊，三江的水奔腾汹涌，日夜流灌北方的田园和土地，也畅流在北方人民的心中。

绿色的小雨

河边起风了，小雨更为欢跃。

小雨点绿了柳丝。

又密又细的雨啊，把河岸的小草唤醒了，把原野的花和树染绿了。

又细又密的雨啊，染绿了山峦，吹绿了秧苗。

我问小雨：是春姑娘让你来的吗？

小雨滴滴答答，笑着回答：是呀！是呀！

绿色的小雨把春色带给了山谷、平原，小雨染绿了
天涯……

黛蓝色的湖水

湖水，在高山上的峡谷里流动，像多少匹奔马，借古人的
话说：高山流水，清泉石上流。

这湖水，黛蓝色的湖，映着高山的雪，映着原始森林里的
红松和白桦。

湖水是火山爆发、地层断裂后的流动吧，湖水一泻千里，
湖水不停地唱着大山的歌。

高山原始林中的林涛对黛蓝色的湖水说：

咱们一起欢唱吧，我们唱出大山的合唱和诗。

小　店

我们边防村的小店，吸引着全村的人，小店的主人是一个
23 岁的姑娘，她又是经理，又是营业员。

小店设在营房的东边，边防军战士们走过这里，都要深情
地看上一眼。店里有烟卷，有食糖，有日用杂品，还有急用的药品，
有时也收购农副产品。小店啊，百货齐全。

小店是边防村的一颗明珠，阿妈妮和小店的营业员关系最
好，她们有事没事也到店里看看，走走。

小店主人是个汉族姑娘，她在村里学会了插秧、割稻，又学会了朝鲜族语言，更学会了坚定地克服种种困难。她一颗心拴在军民之间，姑娘会唱许多歌子，在军民联欢会上，她一曲落音，掌声雷动，又一曲高歌，唱得人人欢声赞好，唱得彩虹挂在村边。

啊，边防村的小店春风扑面，小店里的主人笑声朗朗，歌声最甜。

采　集

把满树的籽儿摘取，你们要把春天带回校园和原野。

把这些花籽儿收集，你们要把欢乐和春天交织在家乡的平原和人们的心坎上。

采撷希望，收集绿云。

你们痴情得像入了梦乡，你们执着地在山野，在平原，在河堤，在深山。春天跟着你们行走，绿荫在你们的头顶萦绕。

啊，采集春光，孩子们，你们不就是春的化身！

三　月

三月是喧嚣的，所有女性都从心底喷发出火热的情怀，她们迎接自己的节日。

三月是宁静的，所有男性公民都以乐观而钦羡的感情，向妇女们祝贺三八节。

北方三月的原野和山峦，雪花团团飘飞，太阳亲吻着雪野和白雪的山林；祖国南方，春风习习，为大地梳理着鹅黄和新绿。

看，三月，一阵春风一阵歌声，所有宇宙万物都唱着一首迎春的歌。

热烈狂吻的青年男女们在三月定亲，他们期待着更加成熟的爱情，要走向人类的黄金季节，要收获美丽的理想！

哦，幸福的爆发生命活力的种子在三月的日子里萌发……

红　日

船过吴八老岛后，又搁浅了。

是枯水季节逆水溯江而上，我们要去北极村探奇。

在雾蒙蒙的清晨里，每人都在晨光中默默地感受大江迷蒙而潮润的清新情意。

江水上蒸腾着轻烟似的白雾，好像江水是从淡淡的温热的泉眼中溢出，大家不约而同地悄悄步出船舱，我们等待着江上的又一次日出。

轮船像钉住了，也不打滑，向后不成，向前也开不动。

船长说，你们也别急，这正是咱们在微微的曙色中看日出的好时机。

江水冲刷着船身，大船在江心好像是一支流动的歌儿，我们一个个都在甲板上浴着晨光，等待着壮丽的威严的精灵的日出。

踏着晨光，迎着涛声，哦，看见了，金红的火球似一个偌大的蛋黄，猛地一跃，冲出了黑圈儿，冉冉红日，在蒸腾，在跳奔，宣告一个新的世界已诞生……

在科尔沁草原上

巴音高尔

巴音高尔，你是一个普通的草原小站。

在你的站台上，有一个木结构的建筑，几间小木房，朴实无华。你给每个上车下车的旅客带来欢悦和愉快。

啊，巴音高尔，你这草原的小站，聚散着牧民工人和地质队员，有各地来旅游的远方客人，还有来勘察勘测的科技工作者。

巴音高尔，你坦开着胸怀，你以最大的热情，欢迎各方人士，你以最诚挚的心境欢送每一个远行者。

巴音高尔，我看见老牧民在这儿送走自己的儿子去上大学，中年的母亲将自己的儿子送去参军……

啊，巴音高尔，你这欢乐的聚散小站，你永远充满着生命的活力，你使年老者欢笑，使年轻人满含青春的热力！

小　鸟

我是草原的一只小鸟，我飞翔在碧空如洗的蓝天，我在绿色草原的上空翱翔。

啊，我虽然在空中飞腾，却永远不离开草原热土。日出在远天的绿色海洋，日落在草原的西方，我追赶着太阳，我永不离开草原母亲的怀抱。

我是草原的一只小鸟，我为牧民而歌唱，我为牛群羊群和马群的欢跃而欢跃。我是草原的一只小鸟，我不离欢腾的绿色的草原。

我是草原上空的无数鸟群中的一只小鸟，我歌唱草原，我为草原而飞翔。

牧　羊　女

牧羊女迎着红日出征了——今天是民兵训练日。

霞光满天，鲜花铺路，草地上露珠滚滚，像点头微笑，欢迎你啊，公社的牧羊女。

牧羊女，背着银枪，穿着草绿色的衣裳，足蹬黑色的靴子，啊，一代英武的草原女民兵。

一个，两个……十个，二十个，啊，草原女民兵跨着骏马，背着银枪，你们是草原的主人，千里牧场任驰骋，你们是牧羊女，你们是草原的保卫者，是牧区里的女民兵。

迎着阳光，踏着露珠，牧羊女——草原女民兵在绿野上行进！

红　柳

草原上有红柳。

红柳的皮和树干都是通红通红的，也许就因此叫它红柳吧。

美丽而坚强的红柳，长在水沟边，生活在沼泽地的边边上，它们顽强地生长着，向着太阳，把粗壮结实的枝干伸向蔚蓝的天空。

要学红柳直插蓝天，

红柳是草原的哨兵！

红柳是草原的卫士，它们坚强不屈，不怕风，不怕旱，又不怕碱，敢于迎风斗沙，深深扎下自己的根子，向着蓝天，挺拔而不低头！

我知道了，牧民为什么愿意用红柳来做套马杆……

在茫茫的旱海上

在茫茫的旱海上，开着各种各样的花朵，旱海变绿洲，沙漠变良田。旱海啊，今日的旱海完全改变了旧时的容颜。

在前进的道路上，充满着难以想象的艰难险阻，是知难而退，徘徊彷徨；还是勇敢前进，知难而进，顶着风浪，披荆斩棘去迎来光明的境界和美好的时代？

我们愿意做不畏风险的弄潮儿，我们要做勇敢的骑手，我们要做新长征的闯将，一往无前，创造人类美好的理想，在人生的旱海上战胜一切困难，迎来胜利的曙光！

啊，战胜茫茫旱海，就是实践斗争的考验；战胜茫茫旱海，就是人们创造性劳动和斗争精神的体现！

啊，茫茫旱海，满眼春光！

上　学

呼戛吉乐走在西拉木伦河畔，他背着崭新的书包，穿着鲜艳的蒙古袍，足蹬长筒靴子。啊，今天是开学的日子，妈妈送他一程，姐姐送他一程，呼戛吉乐多么高兴。

马背学校是草原的走读学校。学校有多大？整个草原都是课堂。尼斯玛尔老师在孩子们身边走了一圈，又走一圈，呼戛吉乐向老师尼斯玛尔深深敬礼，他把书包放下来。大家席地而坐，女教师开始给孩子们讲课了，这一课讲的是《挤奶歌》。

呼戛吉乐打开了书本，闻着书页上油墨的清香，他心里感到甜丝丝的。

昨天夜里，呼戛吉乐一家，都为他上学做着各种各样的准备。阿爸从旗里带回了一个崭新的草绿色的书包，还有一根宽宽的皮带；姐姐是个放牧员，她为弟弟准备了各种作业本；妈妈还特意把《周总理来到草原上》的年画镶在一个明亮的镜框里，擦了又擦……

流着欢歌的西拉木伦河

西拉木伦河啊，你是波峰浪涌的河流，你流着欢乐的歌。这歌啊，激情洋溢，这歌啊，多么自豪、多么甜润、多么壮阔！

是因为你吸收了科尔沁大地母亲的血液和乳汁；是因为你经受过艰难岁月汗水和鲜血的冲刷；是因为你不息地奋斗，才迎来了今天幸福的生活啊！

西拉木伦河啊，你欢歌笑语，奔涌着草原人民的欢歌。

我站在西拉木伦河畔，心中激起狂澜万丈，要为加速祖国四化高歌！

啊，流着欢歌的西拉木伦河！

去赶那达慕

我们走吧，那达慕大会已经开始了赛马，跑马溜溜战马嘶嘶召唤着草原英豪大会师。

我们走吧，摔跤手的交战像两座小山在艳艳红日中对峙着。

我们走吧，赞歌唱得火爆热烈，挤奶的姑娘们跳起了抒情欢快的盅盘舞。

我们走吧，草原上的鲜花竞相开放，肥美的水草养育着艳亮的马群、牛群和羊群。

快快走吧，我们全家人上了坐骑，裹着欢乐，带着金顶的防雨防晒的帐篷……

小小摔跤手

夕阳就要下山了，它把艳丽的阳光洒落在草原上，绿草啊，闪着一片金光。

摔跤场上，热闹非常。

这时候，无论是经验丰富的摔跤能手，还是跃跃欲试的英雄少年，一个个都血气方刚。

啊，这时候，全来观战，因为少年组的比赛，正热烈争斗，好不寻常！

一对小战友，在众多的观众喝彩声中，斗得正猛，争战正酣，各不相让。

啊，你们是草原的小将，牧民的儿子，不愧是小小虎将；啊，你们斗得勇敢，你们相持顽强，乐坏了老牧民，他们正在助战。

啊，草原上摔跤的小英雄，你们是草原的新一代，你们是祖国的未来！

夕阳把金色的光芒洒在草原上。

女神箭手

我不会射箭，我却最喜欢看射箭。草原的女神箭手，张弓、跨步、孕育自己浑身的力。箭未发，她们的眼力已穿透靶心。

从远古至今，我们有光荣英勇的神箭手的传奇历史。

看射手的神采，就知道这伟大民族气贯长虹的魄力。

草原的女箭手，一代巾帼英豪。

箭发，大地上卷起暴风般的旋力。

箭落，靶心上开出美丽的花点。花点照人眼目，激励人们的斗志和豪情。

啊，这花的草原，有英雄女儿催人向前。

归 牧

夕阳把金色的霞光铺在绿色的牧场，牧场上响起了牛车的咿呀声，勒勒车载着简易的帐篷，放牧的人儿要归牧了，宁静的草场上响起了歌声。

西拉木伦河沉浸在金色的晚霞里，女牧民驾着牛车来运水了，叮咚——叮咚，牧女们银铃的牧歌声由近而远——

啊哈——依嗨——

金色的阳光照着银色的河水，西拉木伦河流着我们的歌声，载着草原上幸福的歌儿去远行。

啊哈——依嗨——

群马和羊群似流云滚动，放牧的人儿啊，骑在枣红的马上，唱起了放牧的歌儿，暮色苍茫的草原上响起了丁零零丁零零的铃声。

啊，歌声和铃声，车声和流水声，草原唱起了小夜曲，放牧的人儿欢声笑语载歌载舞要回到宿营地来。

草原的路

这条路，过去走人又走车，走的是牧羊人游牧的勒勒车，咯噔咯噔响着铃铛，车啊，慢悠悠地走到草原深处。

这条路，现在铺上了柏油，路啊，日夜不停地人来车往，汽车牵着线线走，一直向前去，通到煤海震林河畔。

草原的路，是条闪光的带子，路哟，又直又宽，一直伸向草原深处。

我下了吉普车，我走着，看见路边有个小屋，朝鲁巴根老人，过去是牧人，现在住到这里，他是自动来当护路人的。

到夜晚，月朗星照，草原的夜，妩媚多姿，朝鲁老人操起了马头琴，他边拉边唱——

路啊，很长很长，
一边通向浩特的高楼，
啊嗨——哈依——
路啊，很宽很宽，
一边通向草原的煤海，
啊嗨——哈依——

路啊，在朝鲁老人的记忆里又小又弯曲，给王爷府送去鲜奶、牛羊，皮鞭的印痕还留在脊背上；

路啊，在朝鲁老人的眼前闪闪发亮，汽车牵成金线线，汽车织出银网网，草原上还通了火车，如今，又开出了煤海。朝鲁巴根的马头琴拉出了动人的旋律，老人的赞歌向远方飞扬……

守桥战士

草原上有鲜花，有水草，有马有牛羊，也有江桥。

你深情地目送着一列火车驰过江桥，笛音亲切地向大桥告别，那是你无上荣耀的慰藉；你心中有万钧雷霆，有千般爱恋，无论是炎热的夏日或是严寒的冬天，你站立桥头；迎来灿灿的晨曦，送走落日的晚霞，你耸立桥头守护这草原的江桥。

当列车隆隆开上江桥，车上那年轻的母亲抱着孩子向你致意——

"看，那是守桥的叔叔，你快向他问好！"

孩子举起的手，向你高高扬起：

"解放军叔叔，向你敬礼！"

车上的老人微笑着向你注目，老人们纯净的心里多舒坦，那明亮的目光，是在向你夸耀。

守桥战士的心装着祖国的早晨和黄昏；战士向一列列火车上的每一个人问候、祝福！

一列列火车开过江桥，火车带着守桥战士对祖国的深情，在草原上奔腾跃进……

新　歌　手

我看见你，就想起你的母亲。

十年浩劫中，你的母亲含冤离去。开始时，你从母亲身上看到你前面的路，黯淡无光，渺茫凄清;可你的父亲，他却认定，你必须继承母亲的事业，你也能够继承。你又重新试音、练唱，从学校到牧场，从草原到边疆……

啊，我看见你，就看见了你的母亲，一个牧民歌手的女儿，你的舞台有广阔的草原做背景，你的歌声在牧民的心中回旋，你唱出了草原牧人的心音。

啊，我看见你在歌唱，深深怀念一位蒙古族的歌唱家，草原上的女中音——那仁高娃。

踏 歌 行

草原上的红柳丛，红树杆，绿叶翠。红柳屯住着一个赫贝斯戛都，他为牧场养骏马，他是草原的好琴手、好歌手。

赫贝斯戛都自小没有爹和娘，他流浪在草原，没有家，没有羊，没有双亲没有爱。他生就一个怪僻性格，有嘴不爱多说话，一根长笛插在腰带上，走到哪里，吹奏到哪里，笛声就是他那动听的语言，笛声里传出他的身世他的心声。

赫贝斯戛都打从新中国成立后，就在红柳屯落了户，这里的村长很欢迎他，因为赫贝斯戛都不光会吹笛，他还能放马，他还能搬弄几件乐器,他有使不完的劲。村子里有个达古娜大婶，她的爱人在修筑沙海水库中牺牲了，她看赫贝斯戛都这样勤劳、执着，就找队长说，愿意收留他。赫贝斯戛都的笛声为达古娜大婶伴奏，劳动的歌多甜润，劳动中逐渐建立的爱情啊，最执着最热诚。

马背摇篮

在那达慕大会上，正举行赛马比赛，一声枪响，十几匹骏马如箭穿飞，在广漠的草原上，扬起了阵阵尘烟。

在大会的边角上，有两匹马背摇篮，两个老牧民，赶着马儿也在"赛马"哟，马铃儿丁零丁零，唱着清脆的歌儿。双马并肩走着，在围观的人群后面，这儿也有围观的老人和孩子，他们也在尽情地欢乐。

马背摇篮里有四个孩子：两个男孩，两个小女娃，他们也在赛马啊，嘎嘎的笑声是从孩子们心里唱出的歌子，引得老人们笑弯了双眉，乐得老人们捧腹捶背。

今日的摇篮，明日的飞骑；今天的草原小囡囡，明天则是草原上的勇猛神骑手。

蓝天下的绿草碧油清亮，马背摇篮里孕育着北方草原未来的雄鹰。

伊 尔 斯

伊尔斯，你伸展着骄傲的河流，在边境的草原上，你是一颗翡翠般的珍珠。

伊尔斯，你的温泉畅流在草原的沙砾滩头。这儿的水草真美啊，每到春夏，这里游人不断，从四处牧场上赶来度假的牧民和农民，在这温泉区搭起了彩色的临时帐篷。

伊尔斯，你在冬季的日子，更为秀美壮观。边防军在这儿巡逻，他们为保卫祖国的和平建设和牧民们的幸福生活，枪刺上挑着风雪，脚踏着白茫茫的大地，你啊，伊尔斯，你进入了银白素洁的世界。

伊尔斯，你伸展着骄傲的河流，你涌流着珍珠般温泉的圣水，你是科尔沁草原上一颗翡翠般的珍珠！

行　吟

一把四弦琴，一根乌亮乌亮的小棍。

我们草原的老琴手，我们的行吟歌者、即兴诗人，他在科尔沁大地畅游。草原是他的家啊，这家方圆多少里——广阔无边，整个草原都装在他的胸间。

一把四弦琴，一根乌亮乌亮的小棍。

四弦琴奏出奔马的狂啸，唱出牧马人对草原的热恋；乌亮乌亮的小棍，是丈量草原大地的标尺。老人走到哪里，哪里的人们就围拢来，有欢声笑语，有歌声飞扬。

一把四弦琴，一根乌亮乌亮的小棍。

一曲蒙古说书，将草原风暴演绎，诉唱英雄传奇；一段歌唱现实斗争的故事，足令你耳目一新，振奋着斗志，增加你热爱草原的雄心。

啊，我在草原漫步，曾几次遇见你这样的行吟歌者和即兴诗人。你在草原行吟，草原处处有你的足印；你在科尔沁大地歌唱，草原上有你动人的音韵。

清　泉

在连续行车后，我们都有些干渴了，这大漠的风，燥热而刮起了沙石。

我们眼前立刻出现了一个蓝色的湖。

啊，看着这个沙漠的宝湖，我想起了，牧民们和自治区派来的工程技术人员用心血、用热汗建造了这座水库。

草原上沙漠的水库，你所呈现在我们面前的，是劳动者的力量和智慧的闪光。

旗委书记扎布同志走向湖边，他带头用双手掬起一捧清泉，咕嘟咕嘟一饮而尽，啊，我们也跟着书记一样，几乎是在同时，从内心发出了优美的赞语：

"啊，沙漠的甘泉，我们几个旗的干部和广大牧民们的辛勤劳动，终于获得了甜美的果汁。"

水库的水呀，像玉液琼浆，我们痛饮甘泉。看着沙漠上宝镜似的湖水，心中有万丈波澜掀起。

何惧风沙干旱，沙漠上渐渐变绿了，要绿满天涯；因为沙漠上开始有一处又一处的清泉，有一个又一个宝镜似的水库。

比　武

到这里来的，有放牧员，有牧羊女，还有挤奶员；

到这里来的，有老牧民，有草原小学的学生，还有年老的额吉（奶奶）。

枪声响了，大家列成了阵势，每个人都很严肃、兴奋，每个人都很威武、精明。

枪声响了，这是考验我们的时候，看谁平日练就好本领，看谁的枪法最准。

草原上的比武日，所有的人都精神振奋，辅导我们比武的是绿色边境的边防军。

砰！砰！砰！

每一颗子弹都凝结着草原上人们的胜利信心，每一枪都是考验我们对草原的忠诚热恋。

老牧民笑了，老额吉乐了，孩子们蹦跳雀跃。草原的比武日，热烈欢腾，我们新一代牧民，勃勃生机，无比威严。

啊，草原上阳光灿烂，歌声在飞——

打靶归来啊军民情一片，

草原的红日啊金光鲜艳金光鲜艳……

射　箭

弯弓，像一骑高高的驼峰，

弯弓，似一曲宏伟的长桥。

英武的射手呵，你射出的箭，带着牧民胜利的欢笑；你射出的箭，是草原女民兵勇敢精神的象征。

箭声呼呼，靶心扬花，你把牧女们的智慧和勇敢注在箭上，把牧民们的理想和壮志投向靶心。

啊，一代新牧民正在草原上习武比赛，磨炼意志。草原上响起嘹亮而悠长的号音。

少　女

乌吉斯古冷，一个美丽的名字；乌吉斯古冷，一个蒙古族羞涩的少女。

你没有苦难的童年，有的，是欢乐的少女时代。

你没有饥荒的草地，有的，是青绿愉悦的草原。

阿爸喜欢你，你像十五的满月，亮在蒙古包前；阿妈疼爱你，你似一支心里的喜歌，响在阿妈身边，又在阿妈心里回旋。

乌吉斯古冷，你是草原上一朵蓝色闪亮的小花，总在草原牧民眼前开放……

相　遇

茫茫的风雪，茫茫的草原，这时候啊，滴水成冰，这时候啊，风雪的草原很少见行人。

我们的赛音博彦，他骑着一匹枣红的坐骑，心情十分焦急，昨夜的暴风雪，走失了三匹骏马，三个放牧员一宿未眠，好不容易啊找到了两匹黄马，可孤匹雪里钻，却没有了踪影。天亮了，赛音博彦趁两个放牧员正在疲惫中打盹儿，他悄悄地又溜出了马栅，在这茫茫的风雪草原上，要找回那匹雪里钻……

茫茫的风雪，茫茫的草原，这时候啊，大地封冻了，草原上狂风裹着雪片儿。在远远的地方，出现了一匹坐骑，近了，近了，似飞箭射向这里，看清了啊，这是一位草原的边防军，他的心情更焦灼，他要把拾得的这匹骏马送给乌兰架海的放牧人。

茫茫的风雪，茫茫的草原，我们的边防军与赛音博彦紧紧地拥抱在一起，四只有力的手紧紧相握，是激动，是感激，是道谢，是欣慰。我们的雪里钻回到了牧人身边。

风雪茫茫的草原上，高亢的歌声在飞旋——

啊依哈哟——草原的亲人解放军，

守卫在祖国的绿色边境；

啊依哈哟——我们歌唱，我们赞颂，

心歌一曲献给亲人解放军……

跋　涉　者

我曾经赞美过沙漠的跋涉者,那是艰苦卓绝的沙漠之舟——骆驼。

今天，我要歌唱又一个沙漠的跋涉者——水文地质队员。

为了寻找沙漠的水源，为了给沙漠披上绿郁郁的衣衫，为了让沙漠变成生命的绿洲，你们在茫茫沙海上跋涉，顶着烈日，搏击风沙，在大漠上踏查、寻觅。

啊，一步一步，播下金色的理想。

啊，一程一程，迎来绿色的春天。

汗水和血水洒在广袤的大漠，跋涉者坚韧向前。

啊，我唱一支生命的赞歌，献给沙漠上的水文地质队员。

我们的书记来了

我们的书记来了。

书记在哪里？

我是从外地来的，不认得书记，只听得姑娘们说：

"我们的书记来了！"

我是才到这草原上来的，哪认得书记，只听得孩子们说：

"走！看咱们的书记大伯去！"

我只听得老牧民朝鲁阿爸说过：

"公社书记啊，就叫乌巴特尔，他是牧民的儿子。"啊，都来看咱们公社的书记来了，可我却还在纳闷儿，书记在哪里啊？

还是我的老房东朝鲁阿爸告诉了我：

"唔，远方的客人你来看，那个奏马头琴的，那个被人群围了里三层外三层的琴手，他就是书记乌巴特尔！"

我们不得不站在高高的坨子上来观这盛景。乌巴特尔，咱们公社的书记，高高的颧骨突耸着，古铜色的脸通红透亮，他在深情地拉奏马头琴。牧民们说，他带来了欢笑，他载来了歌声。他走到哪里，琴就背到哪里，他是牧民的知心人，书记和咱牧民心连着心。

啊，乌巴特尔是牧民的儿子，是草原上的琴手和歌手，是我们可心的带头人。

我们应该有更多这样的书记！

科尔沁的夜

我又来到了想念已久的科尔沁草原。

草原上金色的秋天，萨日朗花开得火红炽烈，黄色的彦吉戛花也开了。看到这一片片红色的黄色的花海，心中一阵温热。这哪里是秋天，分明是春天啊！怪不得老宝音对我说："你来得正好，我们草原上秋天里的春天来临了。"

我又住在牧民老宝音家里。刚喝过热烘烘的奶茶，从窗子往外看去，晚霞染红了西边的天幕。当我正要问起草原的变化时，只听得房后传来了突突的车声，清脆的车笛声，牵动了老阿爸的心，也把我震动了。

"阿爸，这是什么声音？"

"摩托车！草原上绿色的鹰啰！"

老宝音一边说着，一边走出包房，我也紧紧跟他出来。啊，科尔沁美丽的黄昏！看不太清了，真是一辆风驰电掣的摩托车！渐渐地声音小了，车远去了，慢慢地变成了一个小黑点儿，直到完全看不见了，我还站着呆望。

"这是谁骑在车上？怎么让车子跑得这样快呢？"

老人听我提出问题，便给我讲起了这骑车的勇士：

我们科尔沁草原，秋天的马奶子酒是最浓最浓、最醇最醇的，喜庆祝贺的酒总也喝不完。

也是在秋天到来的时候，三年前由旗里派到公社邮局一个投递员,他三十来岁,精明强干。后来牧民叫他斯琴巴特尔(智慧的勇士),他的汉族原名叫李翔。

你是不知道,这李翔爱穿一件鲜艳的蒙古袍子,听说他在部队的骑兵团待过。三年来,他不分白天黑夜,给牧民送来许许多多的祝福和佳音。我们的马头琴手老布林,还给他编了一首歌哩:

佳音的使者——
草原上的鸿雁。
在广阔的原野上驰骋,
把党的关怀送到牧民心中。
天上的鸿雁影子落在草原上,
草原上的李翔影子印在牧民心上。

那一天,他来到我这儿,一进门就说:"色音白努,阿布!"(您好啊,大爷!)

我紧紧拉着他的手,情不自禁地呼喊:

"巴特尔,斯琴巴特尔!"(英雄,智慧的勇士!)

李翔交给我一封信,信封上贴着两张纸条。

第一张纸条上写着:

可到乌兰塔拉试投

白音塔拉支局。

第二张纸条上写着:

可到乌云花试投

乌云塔拉支局。

我把信还给了李翔。

李翔说：

"阿布，您看，这信封上写着：乌云塔拉北，哈日毛都，达占拉收。"

我又将信拿过来，发现信封的背面还有这么两行字：外地姐姐失去三十多年了，请投递员同志协助查找。

是呀，这封信在乌兰塔拉投过，没有找到收信人，转到白音塔拉投过，也没有投递出去，这不，又转到我们乌云花来了。

斯琴巴特尔李翔是个共产党员，他知道这是弟弟找姐姐，他们失散三十多年了，他想到这种情况，心情十分焦急，"人民的顺风耳"要急人民之所急，无论如何要把这封信投递出去。

要知道，乌云花公社并没有哈日毛都屯，而全公社叫达古拉的女人却有 42 个。在全公社 45 个生产队中，几乎每个屯子，每个生产队都有叫达古拉的人！

说这话的工夫，他已走访了 38 个生产队。来到我这儿，是第 39 个屯子。

我琢磨着，用我们的话说，哈日毛都，发卡拉木的音呀，只是翻译成汉语，汉语叫法不同。我把想法告诉了李翔，我说，离这儿 25 里有个叫卡拉木的屯子，你去试试。

李翔想，哈日毛都难道就是卡拉木屯？

"对呀！宝音阿布，你知道，我也知道，那个屯子有三个叫达古拉的女人。"

他跑了那么多屯子，找过了那么多的达古拉，可还没来得及到卡拉木去。刚刚结束这次谈话，他拔腿就走，驾着绿色的鹰飞走了。

到了卡拉木生产队长家里，通过队长的协助，不到二十分钟，三个叫达古拉的人来到队长的家里。当李翔把事情说清楚之后，三个达古拉都摇了摇头，她们都不是收信人。

李翔告别了卡拉木，骑上绿色的飞鹰，一溜烟儿又来到了我老宝音的家里。

他说到这种情况，我心里也挺着急。

我说，像这样找不到姐姐的，找不到爸爸妈妈的，草原上有很多很多。这都是旧社会造成的恶果啊！我又讲给他听，旧社会穷苦牧民，为了生活，四处奔波逃命。从这名字就可以看到啊，比如，卖给牧主家，必得重起名字，那些给牧主家扛活当奴隶的人，也要再起一个名字；就是新娶的儿媳妇，若是名字和婆婆重名，也得改个新的名字。你说的这名字多着呢。

李翔说我的话使他受到了启发，他二次飞车赶到卡拉木屯。通过队长的协助，他把这个屯子里现在叫达占拉的（就是他见过的三个），以前叫过达古拉的，所有那些改过名字的，统统找来开会，又个别进行调查。

他还向队长和牧民了解，哪些户是在新中国成立前从这个屯子搬走的，新中国成立后，又有哪些户从这里搬出。但都没有找到什么线索。正在没有希望的时候，一个老额吉急急忙忙地走来，她拉住李翔说：

"嗨呀！我想起来了，老宝音不是从这个屯子搬走的吗？他那个儿媳妇家不就在科左中旗嘛？！会不会是她的弟弟写来的信？"

李翔听了，惊叫道：

"她那个弟弟是不是在温克吐？"

"记不得了。她不是叫达古拉来着，她的名字叫葛根塔娜呀！"

李翔像得到了一匹千里驹，高兴得连蹦带跳。结束了这次调查，他三次来到我宝音的家里。

"宝音阿布，我找到收信人了，我要把信亲手交到葛根塔娜大婶的手中！"

"唔，要是真有这样的好事，"我说，"斯琴巴特尔呀，咱们就该庆贺一番了。"

这时候，我那儿媳妇从牧场回来，我还忘了跟你说，她是我们屯子里挤奶的能手，她戴着红头巾，穿着浅绿色带花点儿的袍子，风风火火赶回家来。

用不着介绍，二话没说，李翔迎了上去，对葛根塔娜说：

"大婶，你弟弟给你来信了！"

"你怎么跟我开玩笑，科左中旗我有个弟弟是不假，可他已不在了，他咋来信了？"

葛根塔娜边说边接过那封信，紧紧贴在胸口，三脚两步飞跑到西屋去了。

李翔也跟到西屋，只见我那儿媳妇一头扎在炕上，呜呜哇哇抱头痛哭起来。不管李翔怎样追问，她就是不吱声，急得全家人直跺脚。

过了一些时候，葛根塔娜不哭了，捧着信慢慢悠悠地说：

"难道我那弟弟真还活着？他怎么知道我在这儿的？"接着又是一阵沉默，而后又说："在我七岁的时候，听妈妈说，我有个弟弟，后来叫姓包的地主把他抢走啦，用弟弟偿了灶火门税，不久听说弟弟有病死了。那时候我是叫达古拉来着，以后，我被迫进了牧主家当了奴隶，改名叫葛根塔娜，有三十多年了啊！"

信上说道：三十多年了，姐姐，盟里一个蹲点的同志到过你们这儿，在一次劳模会上，我偶然听到你在这儿。你的模样我也忘了，我总把希望寄托在党的邮递员身上……

当信念到写信人朝鲁巴根的时候，葛根塔娜又惊叫起来：

"天呀！真有这样的事呀！我的弟弟还活着。"

葛根塔娜请李翔写的回信已经寄走半个多月了。

一个晴朗的日子，朝鲁巴根骑着一匹枣红马来到了我们乌云花。

这一天，我们屯子像办喜事，支部书记也来我家祝贺。你是知道的，葛根塔娜是个酿奶酒的巧手，她一连斟了三碗奶酒送到李翔面前。不会喝酒的李翔高高举起了酒杯，全家人和村中来祝贺的人也都高高举起了酒杯。此时，屋里显得更加明亮，分外温暖。

葛根塔娜把她结婚时留下的绣花烟荷包送给了李翔，李翔再三谦让，只是听我老宝音说起我们民族的风俗，他才勉强收下了这件有纪念意义的礼物。

老阿爸宝音给我讲完了斯琴巴特尔李翔的故事，我知道，这只是他送的千千万万封信件中的一封信，我听了，心里久久不能平静。

科尔沁的夜啊，多么宁静。宝音阿爸和我却没有一丝睡意，草原上金色的初秋之夜啊，处处有星星点点的灯火，那夜空里的繁星，正与之相映生辉。我想着，明天我就要和李翔见面，为把他的材料写好，首先要向他学习。他要出席旗里召开的模范转业军人大会，听宝音阿爸说，他总是不愿意讲他自己的事。

啊！我赞美金色的草原，更赞美科尔沁草原上的鸿雁，愿斯琴巴特尔李翔，永远飞翔在鲜花铺路的科尔沁草原上。

将 军 坟

传说中的将军，曾在这草原上刺杀搏斗，他率领战士消灭了来犯的敌人，胜利的旗帜映着蓝天绿草飘动，可他自己却因负伤牺牲。

将军在草原上，他永远和牧民在一起，他的鲜血浇灌了科尔沁大地，草儿更绿，花儿更红，他自己却永远离开了人世，他安详地长眠在祖国大地的怀抱中。

你躺在祖国母亲的怀抱，草原上处处有你的足迹，你在牧民心中播下了革命的火种，牧民们路过这里，他们深深向你致敬。

啊，将军坟，牧民心中的瑰宝，草原上圣洁的象征。

我来到这里，久久向你凝望，深深向你问候，我好像听见嗒嗒的马蹄声，那是你策马奔腾；我似又听见了嘹亮的进军号音，那是你留在草原人民心中的歌，永远激励着草原人民前进！

踏着先烈的足迹

烈士的母亲

你满头白发，飘飘洒洒，你两眼放出炯炯的光芒，在长白山上，你和所有革命老人一样，都是历史的见证人。

你的两个儿子，为祖国，为人民，在革命的战争中英勇牺牲，献出了壮丽的青春。

你教育孙子，教育我们长白山的后辈人，要学好本领，继承烈士的遗志，在党的教育下，大步前进！

你满头白发，飘飘洒洒，你意志坚定。

如今，你是我们林区小学的书记和校长，每当孩子们迎着朝霞，走进绿色海洋里的学校，便看见你和同学们谈心，你理着我们的头发，你抚着我们的红领巾，讲起长白山抗日斗争故事，你精力旺盛啊，永远充满着战斗的激情！

烈士的母亲，我们长白山上的劲松。

长白山青松不老，烈士的母亲永远焕发出革命的青春！

井

来到长白山下第一村奶头山大队，老支书领我们来到队部的大院子里。

老支书扬起手臂说：

"来！我们来看看这口井吧。"

啊！井的四周是用一根一根的小柞木桩子围住的，有一个小门可以进去，井台上铺着几块整齐的卧牛石，井口是用厚椴木板钉的。

老更倌大爷看到我们，赶紧取来了柳条罐。老支书很熟练很敏捷地把它安在辘轳把上，把罐放到井里去了，又摇起来，辘轳摇动啊，咿咿呀呀。

"来！喝一口，这是抗联挖的甜水井哩！"

老支书心情很不平静。在那双饱经风霜的眼睛里荡漾着多少感情。

老支书向我们讲述着，这是杨靖宇将军领着抗联亲自给我们挖的甜水井哩。

清凌凌的井水啊，它映在我们的眼里，像一面明镜，多么清澈，多么透明，仿佛那里面还有杨司令的身影，他还在破土扬锹，为山区人民挖着幸福泉……

甘甜甘甜的井水啊，多么沁人心脾，使人联想翩翩，它激起了我们心中的波澜，把我们引回到战火纷飞的艰苦年代，杨司令和他的战士火烤胸前暖，风吹背后寒，爬冰卧雪，吞咽草皮，最后用鲜血浸润了甘泉，用生命换来了祖国的春天。

我们深情地注视着这口井，我心里想着啊，那柞木围桩，显示着民族的尊严；那椴木板啊，打下了坚实的感情基础；那卧牛石啊，世世代代，守卫在井沿，为后来人述说着历史的烽烟！

陵　园

这里埋葬着抗联战士，这里是陵园。杨靖宇将军安详地躺在百花丛中向我们注视。

老师说：将军百战死，永活在人间。

我们心里默念着：将军百战死，永活在人间！

在烈士陵园前，我们高举起右手，老师给我们把红领巾系上，用烈士鲜血染红的领巾啊，飘在我们胸前，映在我们心里。今天，在这里举行入队宣誓仪式。我们要继承先烈的遗志，踏着先烈的足迹，跟着党中央永远高举起毛泽东思想的伟大旗帜，在新的长征路上，奋勇向前！

在烈士陵园前，我们庄严地宣了誓。

发光的字

"送给抗联吃！"

古老而苍劲的大白松上刻着五个发光的字。看着它，人人怀着崇敬悼念的心情。长白山区的人民流传着这样的故事：一位六十多岁的老猎人，当杨司令的抗联队伍遭受敌人围困、弹尽粮绝的时候，山里的人民委派这位老猎人将粮食背上山去。在经过几个山岭之后，老人不幸被敌人发现，他奋不顾身和敌人力拼血战，终于打死几个敌人，而自己也中弹不能支持……在他临终前刻下这五个大字："送给抗联吃！"他将粮食用树枝盖住。老猎人倒下了，而革命自有后来人。

看着这棵古老而苍劲的大白松，这五个发光的字，激励着后来人无限崇敬悼念的心情，它给人力量，照得人眼明。这五个发光的字啊，永远红灿灿火灼灼的光彩夺目！

高　山　茶

啊，长白山上的牛皮杜鹃。

它开着白色的黄色的和黄白相间的花朵，它长着碧绿的叶子。

啊，伐木工人摘下它的叶子，采下它的花朵，炮制成了茶啊，喝一口，又酸又甜，还有点苦味，苦味之后是醇香。喝下这纯朴清香的茶，顿觉得神清气爽，疲劳顿消。当年抗联战士用篝火煮沸这种茶啊，给它起了名字——高山茶。

啊，高山茶，原来它是高寒山区最富活力的白色的黄色的花朵，它是长白山上的杜鹃花呀！

长白杜鹃——高山之巅的茶呀，它盛开在峰回路转的小路旁边，随手可摘，它开满在沟沟岔岔，到处可寻。

啊，伐木工人喝上一杯长白山上的高山茶，心神畅快，奋力向前吧！

泉 边

在泉边，老人捧着泉水，一饮而尽，啊，水多清，水多甜。饮下清泉水，老人展开了回忆的翅膀——

就在这口井边，当年的抗联队伍，曾在这儿磨亮大刀、长矛。在刀光剑影中，一队队抗联战士在井边走过，他们在故乡亲人的欢送下，兴高采烈，满腔豪情走进山去，在杨靖宇将军领导的抗日队伍中，狠狠打击鬼子强盗。

井中水，明如镜，曾照见家乡儿女向深山密林进发的身影。

水面似明镜，曾照见一位伟大而平凡的战士清瘦而坚毅的面孔，杨靖宇将军在此饮过战马，进军的号角传向远方！

明珠般透明的水滴，流进战士的心里，滋润着战士的心田。祖国、亲人、故土、乡水，这一切战士们永不忘记。

在泉边，老人捧起清亮的甜水，沉浸在幸福而自豪的回忆中，抬头看，今日山河如此艳美，老人似看见抗联战士明亮的眼睛。

这一铺炕

来到朝鲜族老金大爷的家里，我们很晚很晚也没有睡意。

你不知道啊，使我们激动得夜不能寐的，是老金大爷给我们讲起了抗联的战斗故事。

"就说这一铺炕吧，杨司令领着队伍在野外打宿，他就是不让战士们进屋里来。几天几夜了，他们勇敢地追歼着敌人，终于用智取消灭了一队日本鬼子和汉奸走狗，打了个胜仗。

"在战斗中有一个战士身负重伤。我们组织担架把这位英雄的抗联战士抬到这一铺炕上，他就在我们家养伤。

"杨司令来看这个伤员，他解下自己的干粮袋，送给战士，就在你们住的这一铺炕上，杨司令给我们大伙讲起了抗日救国的道理……"

"金阿爸依（金大爷），你能听得懂吗？"

我们中的一个朝鲜族伙伴问老金大爷。

"怎么听不懂，杨司令还能说一些朝鲜族话哩，再说，我们也能听得懂汉语啰！"

我们看着这位饱经风霜的老抗联烈属金大爷，我们想起杨司令和抗联的战斗生活。

今天，我们正是踏着先烈的足迹，在抗联战斗过的地方啊，又进行新的长征，新的战斗。

夜深了，我们睡在这热烘烘的炕上，心潮起伏。

一弯新月，升起在莽苍苍的树林子上面。

想起老金大爷讲的故事，思念抗联，怀念杨司令，我们心情久久难平，不能入睡。

啊，就在这一铺炕上……

饭 桌

多么朴素、多么普通,这是一张长白山区农民吃饭用的炕桌。

饭桌,你闪着乌亮的光彩,你在向人们述说,就因为杨靖宇将军在这张饭桌上用过饭,贫农老奶奶收存了这张桌子,像当年对待抗联伤员那样,把它珍藏。

贫农老奶奶向我们介绍,杨司令住过她家,杨司令和她一家人一起共餐,甘苦同尝。那一天夜里,杨司令用完饭,还在桌子上写过几张字条,有一张纸条上写着:告诉党中央,我们坚持得住,我们一定能坚持住,长白山是祖国的卫士,我们是长白山的哨兵,我们一定用胜利来向党中央报喜!

通讯员把这张电稿拿走了,立即发出去了。

还有一张纸条,是给少年连的小鬼批几件棉衣。就是在最艰苦的年月,抗联的红小鬼也得到过党的无微不至的关怀,他们生活在党的温暖的怀抱里,又学习,又战斗!

啊,这张普普通通的饭桌,它是抗联将领同人民群众血肉相连的见证。

我们深深怀念着敬爱的杨司令,我们也怀念着珍藏这张饭桌的老奶奶——抗联战士的母亲!

啊!这是一张朴实无华的饭桌,它却闪着异样的光彩。

啊,饭桌!

石　磨

石磨，这一座石磨，多么平常，多么坚实。看到它，想起艰苦年代苦难的生活，深情注视着它啊，似看到那战斗的岁月，似听到它在既平凡又不平凡的生活里唱过的战斗的颂歌。

石磨，这下面的说明文字，像战斗的诗篇，它告诉我们，就是在艰苦的岁月，抗联第一路军总指挥兼政治委员的杨靖宇司令，曾推过这座石磨。开始时是抗联战士在推磨，杨司令来了，他把战士替换下来，自己推着石磨，一步一步，石磨发出清脆的声音，一步一步，步步向前去，石磨唱出战斗的赞歌。

石磨，在这陈列室里，像一面镜子，深情地照着我们，好像在说，生活在今天幸福的时代，要永远踏着坚实的步子，不忘记过去，大步向前走着。

啊，石磨！

林中泉水

林中的泉水是明亮发光的。泉水从山谷里流出来，唱着歌，打着滚，勇敢地向前走，总也不回头！

林中的泉水，滋润着山林的树木花草，它向着太阳，太阳照射着它，它歌唱着太阳，它歌唱着伐木工人豪迈辛勤的劳动。

我捧起泉水，喝一口，润心田。

我捧起泉水，喝一口，甜在心。

清凉可口的泉水！听爷爷讲，抗日的烽火燃遍长白山区，那时，抗日联军的叔叔，以山林为家，出没在深山密林，杀鬼子，救穷人。林中的泉水，给抗联叔叔饮过战马，磨过战刀，洗过伤口，洗过军衣。在篝火燃烧的时候，在泉水叮咚声中，抗联叔叔学习毛主席《论持久战》的光辉著作。我们三道岭响水河边，现在还有当时杨靖宇将军的饮马石啊！每次，我们上学放学走到饮马石边，都要停下来，摸摸这块石头，想起杨司令。这时，从山间深涧里流来的泉水汇成的响水河啊，河水奔腾的声音越听越响，河水是在唱着歌啊，这歌声赞颂着往日的战斗生活，这歌声唱着今天的颂歌。

响　箭

这一支响箭，还悬插在花榆树干之上。

啊，响箭似在嗡嗡作响，你是在诉说着当年猎人的雄伟气概和箭法的高超吗？

这一支响箭，我看着你，顿觉得情满胸间，激荡难耐。伐木叔叔告诉我，那是抗联的拉道王——老交通，向花榆树射出的响箭，听着嗡嗡的箭声，报道敌人的行踪，抗联的队伍胸有成竹，埋伏好，准备袭击敌人，攻必克，战必胜！

啊，响箭向我们诉说着战斗的故事，还在唱着怀念抗联英雄的歌！

静静的密营

四周是红松，红松密密层层，大的红松数人合抱不住，小的红松也有百岁以上的年轮。

啊，抗联密营，你在红松包围之中，难怪有人说，长白山是红松的故乡，抗联的营房，在红松的密林中隐藏。

从翻开的腐殖土看出，这里还有篝火的灰烬，好似看见通红通红的火焰在燃烧，在发光。

这里还有当作桌子、椅子的石头，还有垒过锅灶的坚硬的石头，似闻见那野菜的芳香。艰苦的岁月，锤炼着抗联战士的意志，当年的战士，今在何方？有的是革命的领导干部，可他们还是不忘密营的战斗生活。有的战士英勇牺牲，革命自有后来人啊，他们的理想之花，已经在祖国灿烂开放，胜利的曙光，召唤着我们，我们继承先烈的遗愿，踏着新长征的路，永远向前挺进、攀登！

啊，这里还有杨司令的少年连战士的练歌台，犹闻那战歌震山响。咚咚的战鼓好像响在我们心中，战旗犹在我们胸中鼓荡。

啊，静静的密营，你是我们学习的课堂！

水　壶

捧着这抗联战士用过的水壶，像喝了天池的清泉，似饮了飞瀑泻下的珍珠水，顿觉得心里甜丝丝地畅快！

捧着这抗联战士用过的水壶，想到艰苦的战争岁月，敌人围困深山密林，一壶水救了几十个人的宝贵生命。天池的清泉，化作生命之血，畅流周身。咱们的战士，饮了水，虽然只是点点滴滴，却精神振奋，几十个人民子弟兵，消灭了貌似强大的凶恶之敌，渡过了难关。

啊，生命之花，永开不败，生命之水，永不枯竭，畅流在后来者的心田！

乡 土

我要归来时，一定去看您的坟丘。

啊，爷爷的坟丘，那前边有松树，有花草，还有一条小路。

我归来时，便要到您的身边，我要看爷爷的坟。我的爷爷是一名抗联战士，是游击队的指导员，爷爷把生命和鲜血献给了故乡的土地和亲人。

有谁不爱故乡的土地？故乡的土地曾埋下多少抗联战士的忠魂。

山 路

山路曲曲弯弯，山路艰险崎岖；山路像一条飘带，直接深山密林。向远处看吧，山路通到山顶，接上蓝天。

山路，你这条小小的山路，你可是一条光荣的录音带。你记住了艰苦年代抗联部队的艰难跋涉和斗争伟绩，你清楚地记得，日本鬼子讨伐队就在你的身旁，他们无法登上山崖，等到刚刚开始登岭，杨司令的部队就拦住阻击，一队鬼子和汉奸，葬身在万丈深渊。

山路，你这条小小的山路，你将抗联战士引向深山密营。你是记得清楚的啊，杨靖宇将军牵着常胜的战马昂首向前，他和战友们战斗在长白山区，就是踏着你这条小小的路赢得了胜利，渡过了难关。

啊，山路，你是光荣的。今天，我们踏着先烈的足迹，大步奔向前去！去踏查资源，去采伐木材，去建设新的铁路，去开发长白山区，在先烈战斗的地方，为祖国四化贡献力量！

啊，山路曲曲弯弯，山路通向深山！

玉　泉　水

来到这里的人，谁不向你走来？凡是到这里来的人，都要看看你这山区的玉泉井。

啊，我捧起一掬玉泉水，大口吞饮。

玉泉水啊，润我的心口，顿觉得眼明心亮。啊，玉泉边有参天古木，有山花飘香。我掬起玉泉水，似见到了亲人的面影——那是抗日联军的一位将军，在那个时候，这长白山区的小小屯堡，人们喝水困难，从几十里外的龙潭用肩挑、用头顶，一位白发苍苍的朝鲜族大娘因为顶水，一失足摔下了山崖，白白丧失了生命。

啊，杨靖宇司令亲自搬石、掘土，在这儿和战士们乡亲们共同掘出了这一口水井。

井中的水，长年涌冒，碧澄清澈，永远记着那艰难的岁月，那光荣的年代……

啊，我捧起玉泉水，久久在这儿冥思怀想。

山中的果林

故乡的山中有一种野生的果——团李子，它是山中众多野果中最普通的果。

我常听老人们给孩子们讲故事，其中，团李子的故事，不知讲了多少遍。

抗日的烽火燃遍白山林海，为了拯救民族的危亡，抗日将领杨靖宇司令带领的抗联部队在长白山里与日寇搏斗，艰苦岁月的传说，确实启迪着我们山区的人民。

那故事是这样的：抗联被封锁了，给养送不到密营，我们的部队只好以山果野菜充饥，采摘来团李子，战士们商定把李子的核儿全部集中埋在西山沟里，一年，两年……西山沟长出小树苗，长成了李子林。团李子林啊，碧绿青翠，到了秋天，果实累累，挂满枝头。

今天，我们就在西山沟的李子林旁，建立了林区小学，一座水力发电站也已竣工，西山沟里幽郁葱茏。书声，歌声，欢笑声；泉声，水声，马达声；组成了一部山中的交响音乐。啊，来我们西山沟逛逛吧，我们用甜津津红艳艳的山果——团李子接待你们！

远方的朋友，欢迎你们光临！

眼　睛

查干巴拉大伯走在春风鼓荡的白音戛湖畔，他在动情地歌唱。湖中闪着发亮的波光，可查干巴拉大伯双目失明，他为什么能看到这如画的景象？他自小在草原上放牧，他热爱着如花似锦的草原，白音戛湖就在他的心上。

那一年，在修筑沙漠水库时引线爆炸，他被砂石崩坏了眼睛。从此，他两眼失去了光泽，而那座水库却像我们草原上一颗明珠，它日夜发亮，又闪闪放光。查干巴拉大伯为草原建设付出了代价，他的献身精神为牧民所钦佩，他的青春放射了异彩。

如今，查干巴拉大伯在水库边上继续为培育鱼苗做技术指导，他虽双目失明，可有一颗金子似的心。在春风鼓荡的白音戛湖畔，我们天天能听到他的歌声，哪怕双目失明，他的心里也闪着明亮的眼睛。

墓　碑

草原上刚刚下了场透雨。

盛夏。七月。草长莺飞。水草肥美。

我们的汽车飞奔在雨后彩虹出现的斜阳里，像步入了童话的幻境。年轻的蒙古族司机戛然把汽车停住了。我们跟着扎布书记走下车来，走向一座新的坟茔。

这里埋葬着一个筑路战士，他是在塌方的险情中为了抢救几个牧民民工而英勇献身的。

我们和扎布书记采撷了萨日朗花，用红柳的枝条编成了一个花圈，献上我们虔诚的祭奠。

新坟的墓碑是用一方木头立着的，在离开英雄墓地的时候，司机布尔格登说：

"我们下次来，用一块青方石刻上英雄的名字吧，那就不怕雨浇了。"

扎布书记低声沉思地说：

"有形的墓碑，看在眼里，倒是清晰；没有墓碑，英雄的形象也会铭记在草原人民的心里的！"

又一辆汽车停下来，又走下几个过路的人来向英雄致意问候。

啊，草原上的人们将永远悼念这位筑路英雄。你的鲜血染红了草原的花朵，我们足下的大路飞驰向前，一直通到遥远的边塞，一直通到祖国的心脏——北京！

石　泉

你来到这里，在红松林下的石崖畔，久久停留，你在努力回忆。啊，司令员！

记忆打开了闸门：那是一个雪花飘飞的冬夜，抗联部队艰难地在这里攀登。突然，你听到了清晰的叮咚声，似马蹄在远处的石子路面上嗒嗒地奔跑，又像琴弦拨动着心房。

侦察员出身的老班长，耳朵更灵，他说：听啊，是山泉，是石泉里的水淙淙作响。

大家遁声走去，这石泉水，又清甜，又温热。喝了这石泉水，个个精神振奋。

有水就有人家。果然，翻过小小山头，就来到了亮沟屯。这是你们建立起来的第二个据点，在这一带活动，抗联取得了一个又一个对敌斗争的胜利……

你正在记忆中驰骋。啊！老局长来了，他说：要找石泉吧，我给你把它引到南端的沟里了，水电站就建立在南二道沟。

哟，石泉水发电了！长白山处处有宝泉。你和老局长大步走上前去，今夜里，水电站要迎接当年的抗联分队长。

古　塔

千百年来，你沉默不语。

你迎着风雨，

你顶着烈日，

你呼唤黎明。

啊，你是这一带山乡人们的慰藉，在你身旁，孩子们游玩嬉戏。

风吻铜铃，丁零丁，丁零丁，那是一支古老的歌，也是一个奇幻的谜啊。

啊，古塔，早上的日出，为你染上金红，西斜的落日，为你梳理云鬓。

你，默念着，一串年轮，又一圈年轮，这中华的故土，神州的乐园，不断涌出风流人物。

你啊，深沉地坚守着自己的岗位，你是历史的一块碑石。

古塔啊，我们站立在你的身旁，感先人劳动的伟绩，增添豪情和骄傲。

断墙短章

这里曾驻扎军营首长，虽是断墙残垣，可还有勃勃生机。山风和暴雨摧毁了屋宇，揭去了屋顶的蒿草和碱土，但未能剥蚀这断墙上斑斑的铁钉。

老人说，这钉上曾挂过司令员的油灯，当年的灯光照映着红军地图和首长们严峻的笑脸。我们似看见战士们补缀衣衫的剪影，司令员亲手教通讯员识字学习文化的画面还叠印在我们眼前，当年小屋灯光辉映着今日共和国广厦千万间。

我看见老人凝视着断墙上斑斑绿锈的铁钉，就像仰望发光的星星，他是在心里说，今日的生活如此灿灿生辉，是因为先烈们用沸沸热血浇灌着祖国的河山。

啊，我拍下这深山的空屋，也摄下了老人庄严慈祥的笑颜。

偶　合

我们来到抗联烈士殉葬地。

新中国成立后，这里立起了高高的墓碑。

为了祖国神奇的土地，为了人民安乐的建设和生活的美满，烈士们献出了自己的青春、热血，让我们的土地发光发热，我们才有共和国的雄伟庄严，我们才有光荣的历史，我们也赢得了今日蒸蒸日上的繁荣。

啊，历史是一部伟大的史书，现实则是展开的辉煌画卷！

这偶合是历史的丰碑，

这偶合亦为现实所必然！

江畔题壁

刀刻的字迹已辨认不清。

是红军的战士所刻？抑或抗日将领所题？

年轻人看见被风雨和岁月剥落的题壁，心海思绪联翩，恰似图们江水翻腾。

那几位考古工作队员，有的在拍摄照片，有的在勾画速写，有的正与当地的群众交谈。

只有果树园子的老果农，一边悠闲地吸着旱烟，一边吧嗒吧嗒说出的话语，令人久久不忘——

中朝人民血，

大江源头水。

抗击日本鬼，

子孙庆胜利。

走向白桦林

芬芬林海、茫茫草原，有诗情歌潮涌动；
绿色边境、蓝色大海，有唱不完的喜歌。
我用心声礼赞美丽的生活。

——题记

山场的夜

山场的夜，月亮挂在采伐区留下的红松母林树冠上。

月亮微笑着静静地看着这片新开采的林子，山场要进入梦乡了，红色的集材拖拉机并排停在山口的斜坡上。

这时候，伐木人已在林间简易的小木房里饮酒，负责后勤的炊事员已燃起了熊熊的火堆，那是白日里开采区伐下的红松的枝枝杈杈，那是黄波椤、水曲柳等名贵珍材的枝枝杈杈，伐木人节省着这北方山区的木材，就连枝枝杈杈也觉得烧了很痛心啊。

山场的夜啊，林海里是风雪严寒的冷漠世界；

山场的夜啊，那一排排木刻楞小房里却是热腾腾温暖的春日的喧闹。

喝一碗庆功的酒吧，林业局的干部也赶来参加生产，现场作业使干部和工人的关系更为亲密。

林区冬日的夜，又静穆又喧闹。

林区隆冬的季节，伐木者又紧张又愉快，祖国北方林海的夜啊，充满着奋斗者的欢乐。

走在林间小路

走在林间的小路，啊，我们看见你——古老的红松，心中充满着对长白山的遐想。

在抗日烽火燃遍长白山的时候，咱们的抗联战士曾浴血奋战在白山黑水林莽。

走在林间的小路，我们踏着先烈的足迹来开采这原始的林子，将古老的红松献给祖国的建设事业，心里充满自豪和骄傲的感情。

走在林间的小路，啊，我们看见你——古老的红松。老场长领我们来到新的采伐现场，啊，古老的原始林子，重新焕发了风采。前面采伐，过后就有树苗育种，让林海一代一代繁衍，啊，青山常绿。

走在林间的小路，我们背着一捆捆树苗，我们背着一个春天，在林海飞奔！

椴树开花

椴树开花了。

花艳吗？引来了一群又一群、一箱又一箱的蜜蜂；

花香吗？放蜂人醉倒在山间水畔——那临时搭起的小帐篷，真有点儿像伞花，开放在云雾山中。

一幅静静的神秘的油画展现在北方边陲的原始而又开放的山林。

椴树说：欢迎啊，你们把春天背来山区，既然背进来，就背不到江南去！

江南人采撷北方山里的椴树蜜，怎不痴迷、陶醉？！

夜　读

读着你的诗章，自然想起和你在一起的情景。

你在新的山场伐木，早出晚归。曾记得咱俩同坐森林小火车，在车上，你沉默不语，我想，你是在深沉地思索。可一到了采伐点，你却蹦跳弹跃，像一头勇猛的雄狮，你的冒汗的头部，像一眼草丛的温热的矿泉。

啊，读着你的诗章，就好像你又在俱乐部里朗读一首新诗。

你的毛丛丛的蓬乱的头，总在冰冻的山里蒸腾起温热的山泉。

你说：我们采伐的长白山的老红松，那是栋梁之材，运往城市去建设、去构造一座座大学、一座座工厂和剧院，让青年们在礼堂举行论文的答辩；又让最好的剧团演出优美的歌舞。

啊，读着你的诗章，我也回到北方的山区，和你一起采伐、育林，在林海里新的山场朗读你一首一首新诗。

烧　荒

烧荒。烧荒。我们在山中扎下营寨，我们在山中支起帐篷。

山溪水笑了，流得好欢。

黄雀们唱了，欢迎我们的到来。

只有山兔见我们就害羞地躲藏，我们在这大山中升起了第一缕炊烟。

啊，大山，你好！啊，山泉里映着我们欢悦、兴奋的笑脸，我们用劳动号子和鸟儿们对唱。

烧荒，烧荒。

古老的山间有了人烟！

我们在这里创造新的生活，新的画面啊，一幅一幅在展开。

啊，烧荒！烧荒！

红　叶

我记得你将这片红叶拾起，你放在嘴角，立刻吹奏出山间的小曲，啊，你是一个检尺员，你把青春献给这大山的楞场。

红叶一片，在你的嘴上似流动奔泻的山泉，淙淙的山泉，唱着婉转悠扬的歌子，赞颂着我们北方的原始林子，歌咏着伐木人的心愿和理想。

一片小小的红叶,留给我一首抒情的小诗,我看着这片红叶,就想起长白山的秋天。

红叶一片,在你的嘴角,立刻吹出一片清音,啊,你歌唱着北方山区美丽的春天。

我珍藏着这片红叶,我想起你——一个普通的大姐,一个普通的楞场检尺员。

走向白桦林

今天,我们向密密的白桦林走去。白桦林在湖的对岸,远看像绿茵茵的毛毯,又似碧深的屏障,伟岸挺峻。沿着一条毛毛小路,我们到林中采集蕨菜。老画家去挥笔写生。

啊,密密的白桦林,这里怎么会有一条小路?老场长说,那是打猎人蹚出来的,他们一冬一春在这儿停留,寻觅山中的野兽。

啊,密密的白桦林,像一片蓝宝石垒起的乌亮的湖水,山风荡来,林涛阵阵,那乳白的树干像鼓满了白色的风帆。啊,白桦林,看见你就像看见祖国的北方的珍宝,堆积在长白山的怀抱里,我们走向你,像走向另一个宝湖,像进入了蓝绿蓝绿的翡翠殿堂……

我离开长白山已经很久很久了,可那长白山上的白桦林啊,将永远在我眼前出现,在我心中闪光。

防 火 楼

在林海深处，在高山之巅，有一座防火楼。

防火楼，耸立在绿浪滚滚的林海之中，像是一位森林的卫士，威武肃穆，勇敢坚强。

防火楼，你头顶蓝天，脚踏云雾，穿一身翠绿的长衫，像是一位山中的巨人。你那千里眼，能穿透千层绿浪，万朵云霞，几处狼迹，一点火星，都逃脱不了防火楼中那双对祖国深情的眼睛。

防火楼，很静很静，千里风声，万条雨丝，都惊动不了你的安宁；千只鸟鸣，万朵花馨，都引不起你的诗兴。你的顺风耳，日日夜夜，静听着百里林海的涛声，辨别着这里是不是还有杂音。那最敏感的神经，聆听着万里迢迢的中南海的声音……

啊，防火楼，在新的历史时期，为什么又充满了激情？你的籍贯是深山老林，你的姓名是林海哨兵，你的历史，写上这战斗的一生；你还有着理想，要把哨所建筑在大气层中，做一只展翅飞翔的祖国的雄鹰，把一切情况，通过录像，通过电波，准确无误地汇报给北京。

冬 夜

雪花飞舞的北方冬夜，玻璃窗上有冰花。冰花多美啊，各种各样，素洁、大方；冰花朴实无华；冰花展开笑眼，迎接春天。

北方的冬夜啊，凛冽的寒风似刀尖刺向人们的脸面，我们边疆的战士不畏严寒，不怕冰霜，他们驻守在边防线上。

冬夜，边防军在冰天雪地的悬崖、山峦，一路巡逻，一路踏着严冰。雪，落在山野，飘在战士的头上、身上，他们虽然戴着皮帽，穿着皮大衣，可也难御风寒。战士热爱祖国，他们的心能把严冰化成春水，能把雪花化成水珠。

边防战士有一颗火热的心，他们走在白茫茫的祖国边境线上。

冬夜啊，北方的冬夜雪花飞舞。

春光将普照大地，雪花是报春的使者，雪花是春姑娘美丽素洁的衣衫。

山那边的小房

你来了，带给这山坡的是一片喧闹，一片欢乐；

你来了，带给这山坡的是一座用简易办法搭成的帐篷小房，是一片熙熙攘攘的热闹春光；

你来了，这里的花开得更早，看那椴树林里不是有活泼鲜灵的小花在开放？那是小小的蜜蜂在飞舞，那是小小的蜜蜂在采蜜歌唱；

你来了，这里的花开得更鲜艳、更芬芳。荞麦花，多平常，红上秆秆白花花一片片，蜜蜂儿群群，这里成了繁华喧嚣的世界，这里成了蜜蜂的故乡。

啊，山那边的小房，你的主人虽不是花事的缔造者，却引得百花争放，鸟雀齐鸣。

啊，山泉淙淙，流得更欢快，唱得更响亮。啊，只因有了这座帐篷的小房。

啊，你来了，带给这北方山区的，是一片绿色的梦和金色的理想！

早　霞

睡在北方新开的林场，宿在长白山上守林人的木屋；或在北部边疆绿色的防地，或在早醒的林海新城。我总是追赶着你呀——早霞。

我愿意踏着朦胧的曙色，站在伟岸的白桦树下，或停在蓝色的图们江畔，或站在静静的长白山雪线以上的岳桦林里，或站在延边苹果梨果园的小草房前，我总是凝视着你呀——早霞。

早霞召唤着新的一天的到来，早霞染红了祖国北方的山峦和江南的原野，早霞给我们信心和力量，早霞是新的世界的彩笔，画家用你把激情盎然的祖国描绘。

啊，尽管我走在祖国四面八方，我总是踏着朦胧曙色，迎接你呀——瑰丽璀璨而富有生气的早霞。

山榆老师

谁不知道她是从省城来的，她一来到林场就被人们鼓掌欢迎出节目。

谁都没有想到，她一来到这里就被派到我们林区学校当老师，很快当了我们的班主任。

她高高的个子，头发很长，披在肩上。她很白净，就是不怎么好说话，可她的眼睛又大又亮，很多情况下，她是用眼睛说话的。我就怕她的眼睛，她也不死盯地瞅你，但一见你，就能使你感到她是在和你说话。是亲切，是严峻，是表扬，是批评，全让你感受得到哩。

啊，我们的老师，她上课很认真、很严肃，就是班上最淘气的小黑子也认真听她的课了。有时讲着课文，又微笑，又生动，让你能立即领会，并能记住。

老师布置作文题，我还能记住，《我愿做一片绿叶》。啊，她多么喜欢我们的村庄，听老场长说，她自愿来林区扎根。我们尊重又崇敬她，我们的老师来到林区后她自己起了一个名字——山榆。

勇敢的雨燕

在这里路过，谁不夸耀她的劳作？

啊，这是北方山区一个普普通通的气象站。没有精密耀眼的设备，没有华而不实的点缀。有的，只是三间木头小房；有的，只是风向仪、整齐的百叶箱和涂上白漆的一排排柞木栅栏。

啊，我们到这里来，要看看气象站站长——我们林区一只勇敢的雨燕。她是个林学院毕业的大学生，当老局长说到要成立一个气象站，她就主动要求把任务承担，把全部精力和心血倾注在这山间的小木房里。晴天的衣服像雨天浇湿了那样，雨天又顶雨来测量，从不叫苦。现在，她已有了三个帮手。是她们把气象资料、气象预报的信息传送给林业局和各个林场。

来到这里的人，都要看看这北方山区一个普普通通的气象站。

迎着山风，我看见她飘动的头巾。

那百叶箱就是她明亮的眼睛；

那面飘动的小小的风向旗，就是她心上的风帆！

阳　光

来到森林新城，我爱到俱乐部来看电影。那些伐木人，那些伐木人的子女，都涌到俱乐部来，他们有了自己的影院，他们有了自己的假日和娱乐的场所，森林新城充满着阳光。

来到草原小镇，我爱看牧民和小骑手们的赛马，马走远了，远天腾起阵阵尘烟，把我带到远方。草原小骑手——祖国的未来，从小在马背上摔打，无边的草原充满着阳光。

生活中有欢乐，人们都奔向喧闹的激流。因为啊，生活里有明亮的阳光，有党的抚育，党的阳光温暖着广大人民的心胸。

小　镇

这里的街道旁还有树墩，新建的林区小镇还有林木的芳香在飘荡。

小镇离森林小火车站不远，这里有林区的学校，有新盖的纤维板厂，还有商店、林业局机关……森林俱乐部大院里高高的旗杆上飘着火红的旗帜，远远看去，像一支火炬亮在蓝天。

啊，小镇连着原始林子的许多个林场，小镇的四周有红松母林，有白桦母林，还有长白美人松母林。从小镇乘坐小火车可以通到长白山天池主峰下的峰峦，可以通到过去抗联的密营，可以走到奶头山的营盘。你来吧，到我们北方林海的这个普通小镇来看看。

啊，北方林海的小镇，你激荡着春天的旋律，我们唱着小伐木人的新歌，像奔马似飞燕在小镇的大街走过。

写给检尺员

你在量检木材，你的尺子是一面镜子，能照出木材的质地、数量；

你在查尺，好像那医生测听一个健康人的体格，你能测出伐木人热爱祖国的心音和健美的体魄。

你在量检木材，你的眸子里有深情的专注和满意的微笑，你把全部女性的热情倾注在垛垛原木上。

啊，检尺员，你迎着飘飞的雪花歌唱，北方的山区冬季最长，采伐的黄金期最旺！

啊，年轻的女检尺员，你在白雪皑皑的贮木场留下一串串脚印，你的脚印是报春的花朵，你的歌声能唤来明媚的春天；你的脚印是春天的花朵，在长白山的林海，有开不败的花朵喜迎春天。

刨花板厂

你也许没有到过咱们延边的山区，更没有到过这样的工厂吧。

这里是林海新镇的街尾，我走进这座工厂，领我们参观的人，是一个年轻轻的小伙子，他沉着镇定，微笑质朴。

"这是出口的刨花板；这是内销的产品；刨花板运销祖国四面八方，现在又接到外地的订购……"

"林厂长，供销科有你的电话，……"

啊，他就是这座工厂的厂长，说得不好听啊，他还是一个羽毛未丰的孩子，一听工人叫职称，他就腼腆得红涨着脸，鼻尖上小汗珠点点，直闪着亮光。

刨花板，这座工厂出产的品种多种多样。

刨花板，在城里也能见到，可这座工厂，吃的多，出品快，它吃的是枝枝杈杈、树皮烂节，它是莽莽林海加工废料的所在，难怪许多人参观了这座工厂感慨万端。我们延边地区边境的山林因这样的工厂而增添了光彩。远方的人啊，在这里留下警句诗文，他们要把自力更生和奋发的精神带到各自的角落。

我们走远了，还要回头看看，那个年轻轻的像个大孩子的厂长，他和工人们还在向我们招手。一座普通的刨花板厂，它给了我们向上的前进的力量！

雪，落在大地上

春雪一片片，雪花团团飞。

雪，落在大地上，春潮滚动在人心上。已是三月的尽头，北方犹飞雪。

雪，落下了，化作融融春水，滋润着土地，也润湿了人们的心田。

北方多雪又多风，就是在四月，雪花还在团团飞，春天到了，夏天也悄悄来到北方的大地。

雪是白的，却染绿了北方的山峦和原野。

火山湖——爱情之洲

是一轮圆月静静地在这高山林莽中沉思吧，

是仙女们遗留的一块圆镜在月下泛着银白的光吧，

是白桦林要照自己婀娜多姿的风采吧。

啊，高高山峦原始林中的蓝色的湖，你是一块瑰丽的宝石。最早时，只有伐木者和育林人亲近你，只有林业勘探队员接近你。如今，这里成了瞩目的风景区，咱们的山林里，也迎接来自祖国四面八方的旅游者，还有来自异国他洲的宾客……

火山湖畔支起了一个个五彩缤纷的帐篷，每逢夏日，那些摄影的小棚，像一束束色彩鲜艳的花朵，开在高山林莽的湖边。

啊，这湖是一首古老和现代相杂承的小诗吧，是一曲清唱的抒情曲吧，又似一章森林梦幻曲的慢板在轻轻拨弹。

啊，一块生命的爱情之洲。我来到火山湖边，我的思绪和诗情如同山泉般涌流！

谒

一个从国外归来的老画家，虔诚地要拜谒将军的殉难处，走了整整半年，头上又添了一些白发。

画家说这是我心灵深处的一个愿望，为了它，我企盼了四十个春天。

画家是从通化市靖宇陵园来的，他找到一个伐木人，让他带来靖宇县杨靖宇将军的殉难地。

找到了这里，他铺开了画纸——

画家精心地画了三天。

殉难处头上有雾，雾散后有长白山的云霞；

后有高山，有连绵不断的青山；

这里就近有长白山的火山湖口涌来的清清河水，清幽幽的河水映出青青山色和灿灿云天；

河水已利用来发电，电站马达的歌声震荡着山间……

杨靖宇将军，你还活着，活在十亿中国人民的心田。

暴风雪中的柞树林

林　中　月

新辟的林场，我爱在刚刚伐过的林子里望月。

月是圆圆的。月色如水，好似凉爽清幽的圆镜。

月是沉思的。月挂在林梢，好像让古老的红松去回忆久远的梦境。

远远地，听见了箫声和歌声，这样甜畅，如此深情。

老场长说，那是楞垛旁，有集材拖拉机手和绞盘机手，他们在倾吐衷肠，在深山古林的怀抱，他们沉浸在月色中，忘了返回场部，却被圆月窥视。

月是明朗的。我在月色下构思着一首小诗,题目就叫:望月。

暴风雪中的柞树林

风，卷起阵阵雪烟。

暴风雪中的柞树林，一棵棵挺直了腰身。

云，躲进了远方的天幕，柞树像威武的哨兵，挺立在北方的山冈。

暴风雪，你来得更迅猛更暴烈吧，柞树林像铁壁铜墙，柞树是威严的卫士，坚实地站立在这里。暴风雪在呼啸，似读到一部交响乐诗，北方的柞树林似无尽无畏的青铜骑士，护卫着片片山林。

啊！柞树林，你使北方的山更加壮阔威严！

郊　外

郊外有风沙弥漫，郊外有灰尘扑面，可我们的场长，最爱在郊外逗留。

在这儿，他曾开过一个钉马掌的小铺，迎接着四方的车马骡群，迎接着解放的曙光。小铺曾经是个联络据点，咱们的队伍最先跨过这里，去和敌人展开猛烈的搏斗。

在这儿，他曾领着年轻人植树造林，现在的郊外一片树海，郁郁葱葱。

郊外的路，一直延伸开去，那是老场长所希冀的，他的绵绵悠长的思绪，一直伸向祖国的四面八方。

啊，老场长常愿在郊外漫游，追忆往日的战斗生活，珍重今日的解放了的土地和山山水水。他足下是荡漾着春风的金黄的土地，热土向我们诉说过去的战斗，热土歌咏着今天的欢欣而更向往着明天，明天要更加充溢着灿烂的春光。

郊外的风啊，呼唤着热土的主人。

长白小天池

登临长白山顶，人们在低云缠身之中，很想看看小天池。

小天池袒露着她的身躯，姿容纯美，秀丽端庄。千百年来，她在天池的下端，静静地像一面蓝色的宝镜镶嵌在长白山顶叠嶂峰峦之中。

举世闻名的长白山天池是你母亲吗？

一日，将军来到这里，久久流连。

"小鬼，拿酒来！"

小战士迅速将一壶纯质的老白干捧向将军：

"司令员，老首长，我陪你喝吗？"

在山野间游，小战士也不畏惧首长，官兵像忘年交的朋友了。

"不！是咱们陪小天池喝！"

将军把行军壶酒瓶扭开，斟满了酒杯：

"小天池啊，还记得 45 年前吗？三个战士和一个班长，在你身边盘桓！"

好像是小天池听懂了将军的话语，似乎也在追忆之中。将军把一杯杯酒洒向小天池，自己也饮下一杯，又让小战士干了一杯，而后他和小鬼一起虔诚地默哀。

这是长白山八月的天气，游人如织，前边的人刚刚走过去，就在这间隙中，将军祭奠抗日战士的英灵。后面又有20多个青年男女结伴鱼贯而来。他们欢呼雀跃，可谁曾料想，就在这样如花如火的血气方刚的年轮，有一个战士跌入小天池里，班长和战士用枯树救起了战士，可由于湖水清凉，袭浸着战士，加上腿伤，被拖救起来的战士终于停止了呼吸……

小战士几乎能将这个抗日故事一字一顿地倒背如流，将军就是当年的班长啊，他怎能忘怀战火纷飞岁月中的战友？

一伙年轻的游人在附近放开了录音，迪斯科的曲子和舞步，震荡着山林，也唤醒了将军。

"我的战友，你安息吧。"

将军和小战士一步一回头，向小天池抛下了一个又一个顾盼。

小天池依然是袒露着胸怀，她静静地迎接着一批又一批中外游人。可对于刚才那位将军却是另眼相待，她似乎也忆起了过去那闪光的如火如炽的岁月。

小天池啊，你是一面明镜，又是一首深沉的歌，将焕光发热，清流灼灼！

鹿群飞奔

梅花鹿一群一群，在幽幽密林中扬蹄飞奔。斑斑点点的梅花鹿，一只，两只，三只……

梅花鹿，这长白山里的小精灵，早些年，一直在深山老林里秘居，在野岭岩洞中隐生。山里的猎人要捕到它，常是用箭射，但得不到活的；要想得到活的，只好用地窖陷阱下套捉取。而今天，鹿场遍地，不仅长白山里的村庄有圈养，就是在远离长白山的北方平原也驯养，真是"'梅花'遍地开，处处闻鹿鸣"。原来野生难得的山兽啊，成了人们驯养下的温顺家畜。

我爱你呀，长白山！飞奔吧，梅花鹿！

月

明月照在林场的贮木场，那堆得像山似的楞垛青油油地放着光。

明月照在贮木场旁的木刻楞小房上，那白雪覆盖的木房，发着银白的光。

检尺的姑娘和集材拖拉机手在一起，青年弹奏着古老的月琴，姑娘唱着心中的恋歌，琴声和歌声在月色朦胧中传送得很远很远。

这边，那一排木刻楞的房子里，伐木人正在夜饮啊，他们欢呼冬季采伐的盛况，林区里一片热烈欢腾的气氛。

明月啊，你照着，你也羞白了脸盘。

这北方的冬夜，不是也像江南的春那么妩媚吗？伐木工人的春天在隆冬。

冬　青

从孩提时候起，我对冬青就抱有梦幻的希冀。娘有伤痛，年老的中医说，"需得冬青，去毒而生津"。我梦见在长白山里的冬青下，母亲手攀着它，笑容满面，我竟不知如何是好了。娘的伤好了，牵着我向长白山顶的天池去看仙女们驾着祥云来池边梳洗……

进入青年时代，我就在书上查找冬青的成长和产地，那长长的椭圆形叶子的青绿青绿的冬青啊，多么吸引着我，其实，偌大一个长白山，哪片林子里没有冬青？！

如今，我不觉已有斑斑华发散在两鬓。我来到这里，我爱在这里停留，这儿是长白山区的一个较早期开采的伐区，现在这里的次生林，又成材了，高大而茂密，山色青青。

啊，青山里，你的名字与朱总司令的名字连在一起，60年代的某一日，朱德总司令和董老视察祖国延边地区，曾在青山里留下了光辉的足迹，我所站立的地方，当年曾有伐木人和总司令交谈。朱总司令啊，右手挥着手杖，左手举着一束冬青枝叶，向工人和群众亲切致意。

啊，长白山——冬青——青山里，一年又一年，花谢花红，年年的7月13日，老伐木人在这儿都向年轻的伐木人讲起朱总司令。

我站在这青山里的入口处，久久凝目，心随林涛，飞越关山重重；良久，我的思绪又回到我所立足之地，啊，朱总司令就在我的身边。

喜　悦

你给东沟的家属区送去一担菜，有青椒、柿子和豆角，鲜嫩的菜蔬给伐木人的家属们带来了喜悦。

走完东沟去松塔洼，这时候正是正午间隙，你又挑来了货郎担，卖食品，卖日用品，还有小百货。工人们，学生们，家属们，要买啥就有啥，啊，你给人们带来了喜悦。

到了晚上，林场的院部有夜校开班，我又看见你，你在给干部和工人们讲课，课题是"采育结合，青山常在"。伐木人，个个在记笔记，啊，你给林场带来了新的气象。我打听了又打听，人们对你的赞美就像朗诵一首优美的诗篇。

你啊——林学院毕业的大学生，走到哪里，哪里有花朵开放；你自己也像一朵百合花。火红的青春，开着灿烂的花朵，你走到哪儿，哪儿就绽开笑脸，你呀，你是咱们闹山沟林场的报春花。

长　桥

世界上有多少桥，谁能计算得清？

呈现在我们面前的这座桥，谁能知道它的历史？

老场长领我们到这里来，他说要我们看看抗联的桥。

这哪里有桥？四周是青青的林子，有参天的红松，有亭亭的白桦，还有黄榆、青杨，更有粗壮的柞树和秀美伟岸的长白美人松。

老场长说："这儿原有一座长桥，你们来看。"

老场长领我们来到深深的蒿草中，就在涧底上，我们看到一截足有几丈长的圆木，由于年深日久，它身上长着黑色的木耳。啊，这就是当年的桥身。

原来，这是一座很长的独木桥，在当年，长白山的抗联战士，来往于两山之间，飞步驰驱，而当搜山的鬼子和汉奸赶来，抗联便把桥巧妙地推倒，一个个敌人就滚落下去，葬身在无底的深渊。

看着这座无名的桥，我们深深地激动，它使我们回想起艰苦的年代。我们面前的这一座桥，是一座光荣的历史长桥，在我们心里，它连接着艰苦的过去，它又延续到今天，它还通到美好灿烂的明天！

林海在呼应

倾听啊，山林在呼唤。

我抚摸着林中黑油油的腐殖土，攥一把，油汪汪，似有油滴滚落。

啊，我热恋着长白山林海，心中激起层层波澜，胸中荡起激越的情怀。

祖国高山埋忠骨，抗日烽火曾把山林照亮。

我抚摸身边的卧牛石，你可曾系过抗联的战马？

我捧起林中泉水，山泉清且甜，抗联战士可曾在你身旁歇息、歌唱？啊，山泉依样流淌，叮咚歌唱！

山林在呼唤，快，我们踏着烈士的脚印，在林海把新的生活开拓，向着美好的明天，我们在茫茫林海远航。

林区的路

秋末的长白山区，通向采伐区的路，被茫茫云雾裹住。

路啊，一会儿平坦笔直，一会儿曲曲弯弯，林区的路啊，红叶满枝，色彩斑斓，长白山的金秋啊，五彩缤纷。

路啊，向原始林里伸展，筑路工人白天辛勤劳动，夜晚就住在新路的旁边。那一顶顶帐篷，像长白杜鹃花，开在林区山坡，开在新的山场的采伐区里。

路啊，在脚下延伸，

路哟，在心中盘旋，

路呀，引领我们踏进莽莽林海，去开辟新的采伐区。

枫　叶

在林中，我摘下几片枫叶。

哦，枫叶如丹，红亮亮的，有明亮光润的色泽。

我摘下几片枫叶，要带在身边，带到平原。红彤彤的枫叶，你可是抗联烈士的鲜血染红？你吸收了阳光雨露，你吮吸着长白山母亲的乳汁。秋来了，枫叶红似春天的花朵，带给人们温暖的情思。对着莽莽林海，我不禁放声歌唱。

带着几片枫叶，奔走祖国大地，我要在枫叶上抒写诗句，歌咏抗联战士的英灵。

小　站

第一次来到这个小站。两间木房，那是一根根倒木交错搭起的房子，房顶上盖着山里的白桦树皮。

伐木人谈笑着下车，又有一群群伐木者上车，欢乐地聚散，气氛热烈，下车的人纷纷地四下奔走。

哦，这里是一个新采伐区的枢纽，小火车呜呜地开走了，白色的浓烟过后，车站又静了下来。我看见艺术学院的老师正领着学生打开画夹，他们在把山的影子勾画。现实生活给人们理想的画面，我们林区的学校，就在树海花丛之中。

小站啊，你像一朵长白山的杜鹃，开在伐木者的心上。

落　叶

我拾起一片落叶，像得到一颗红色的果实。

当秋风乍起的时候，树叶就纷纷飘落，等叶全落光了，这时候的树啊，更显得壮实而有魄力！

落叶等待着更大的风雪，它要将全身献给山里的土地，落叶在树下，要腐烂，又化作肥料，给树木以新的养分。落叶是红的，是美的，它的心灵更朴实，更纯真。

落叶好像对我说：热爱祖国的土地吧，永远投身于大地母亲的怀抱。

我对落叶说：我也一样，热爱祖国的山山水水，献出自己的光和热！

母　林

人有父母，草有根，长白山里的红松也有母亲。

在长白山无数母林中，我看见了这一片母林。我们漫步流连，久久不愿离开。

啊，母林，这威武伟岸的红松，两人合抱不住，高大的树干直插蓝天白云。

红松母林里的松塔，油黑、棕红，这里是松塔的王国啊。老局长领我们在这里讲述着，红松母林是伐木人冒着生命危险保护下来的，有两个工人宁愿被大树压死，也没让"造反军"来损坏母林。

啊，"十年动乱"，毁林烧山，这片母林啊，岿然不动！

啊，看见母林就看见了整个长白山的富有，这一片母林啊，巍巍挺立在长白山中。

架线的姑娘

你在山场上摔打。

从小就跟着爸爸在新开的山场上出出入入。

如今，你长大了，从学校出来，长成了一个大姑娘。

你会说外语，像读着一本洋经那样。

你能攀越石砬子和山崖，在险峰与新的开采点上架线，你和姐妹们在拨弄架在山区的琴弦。

有了线，就有了新的信念和信息。

有了线，原始林子里就能和北京通话，就能把春天拴住。
你引得伐木者能上更高更高的云天！

山村邮局

山村邮局，坐落在几排红砖灰瓦的房子中间，在山坡上，用绿色的窗框和门前绿色的邮箱做标记。

我到这里来，我看见孩子们都愿意到你的房前来做游戏。

一个男孩子推着装有四个铁轮子的小车，喊：

"开车啦，开车啦！四件邮包要卸下！"

"来啦，来啦！祖国四方来书信，还有外国的邮包，要在山村找人收下，收下！"

几个女孩子扮作邮递员，她们叽叽喳喳来卸车。

那个"司机"拿着毛巾，装作长途跋涉汗流浃背的样子，一边擦汗，一边在交谈：

"下一趟，我们要从北美洲来；我们还要往日本送画报！"

"下一回，我们坐飞机，我们要去美国给联合国送新书！"

山村邮局，朴实无华，静静地站立在边防站和边境山村里，啊，这里有参场，这里有水文站，这里还有民族小学校、百货点、水库渔场……这里方圆几十公里，却连接着中、朝、苏几个国家。同一片云彩下的雨，可以滋润几个国家的土地。

啊，孩子们呀，你们的游戏，不就是今天和明天美丽的画图！

我站在雨后的山村，这时候夕阳正红，我看见西边山脚出现了彩虹，我的思绪跨上了彩虹飞去。

啊，我站在雨后山村邮局前，看孩子们嬉戏。

油 锯 手

她走在森林新城的小街上，人们用微笑迎接她。

是呀，她是女子伐木队里的油锯手。站立，像一位哨兵；走路，总是一路小跑。短短的头发，蓬蓬松松，那双明亮的眸子，像山泉闪着光亮；可她掌起那油锯，突突，突突，把古老的红松、黄榆、白桦、紫椴……伐下，为祖国捧出栋梁之材……

年轻的油锯手，在青年突击队里。女子伐木队的伙伴们都叫她"二丫"。亲切的称呼，嬉闹的逗笑，在古老林子里掀起喧闹的声浪。

她走在森林新城的小街，带来了新的采伐点上的歌声，她心里有幅隆冬采伐的浓彩油画。她在等待一位年轻的集材拖拉机手。他也是青年伐木标兵，只是活跃在另一个林场。他俩相约在蹦蹦桥河畔……

家

——写给一个水文站长之一

人说站长有家，可你不常在家。

有人问你：

"你的家呢，站长？"

你回答：

"家，当然是有的。家嘛，是固定又不是固定的。长白山就是我的家，我把大山当家背。"

是啊，我曾听你说：在山间，在水畔；在路旁，在江边；哪里有水，哪里就有家了。常跟你走的小崔也深深知道：支起一个小小的帐篷，架起一个小锅灶，这就是家。

晚上查风向，观星斗。星光月色下，大地为床，一截木头当枕头，可以听到流水声，心和流水齐奔腾。踏查水源，观测水流，这就是"家"里常做的事。

家连山山岭岭，家向太阳、月亮，家沐风雨霜露。朝霞做伴，山泉为琴。家啊，家在长白山里的山涧水畔。

你说：人在哪里，家搬哪里。

是呀，家住长白大地，家连万户千村……

行　程
——写给一个水文站长之二

站长啊，你从不计算行程，尽管人们说，从这里到那里四十五里，从站里到东半截河六十多里。可你却说：

"不远，不远，前面就是，就在前边。"

啊，站长，你有铁脚板，一年把公社的山山水水全踏查一遍。要问行程吗，无法计算；有起点，没终点。

你从水边走，常和江水说话谈笑。一日不和水见面，你就拧着粗眉思念。你在江上吟，流水和着你的歌音。

要问行程吗，一个五百里行军，又一个五百里行军……

铁脚踏遍山和水，串串明珠亮心头！

你走在山涧水畔

——写给一个水文站长之三

昨夜，你参加一个水电站的送电典礼，你激动得彻夜未眠。

今晨，你又在悬崖断谷攀登。你走在山涧水畔，铁脚踏处流水潺潺，你心中的歌高昂、激越。你在想：绵绵长白，浩瀚无边，林场、牧场、矿区、医院、参场、鹿场、葡萄酒厂……林海新镇一座接一座，处处需要电。你永远不满足，一道沟又一道沟，建一个电站，又一个电站。

你顶着星星，你踏着寒霜，你迎着旭日，你走在山涧水畔……

啊，站长，你一身都是胆，你有使不完的劲，你站里的战友，还有许许多多伐木工人、社员、小学老师和学生都和你紧密相连。啊，你和你的战友，把电送到各个地方——长白山里有百万建设大军。

河水奔腾，日夜欢唱，那是对祖国的赞美，歌声中也有你和站里同志们的音韵。

寄自图们江畔

图们江啊

图们江啊，你奔腾向前，你唱着心中的歌，满载着欢乐的歌，你要流向哪儿？你要把喜讯告诉谁呢？

图们江啊，你在祖国的北部边疆流淌，你滋润着祖国的大地，你献给人民丰硕的成果，你浇灌着延边大片大片的果园，果实累累，红得耀眼，苹果梨飘香。穿着长裙的朝鲜族阿姨、大姐啊，在江边洗衣，在苹果梨园里劳动。她们也唱着心中的歌、丰收的歌，劳动的歌。赞美吧，图们江啊，你歌唱我们美好的生活。

图们江啊，你永远唱着欢乐的歌、激情的歌，这是你对祖国的歌唱，这是你对美好边疆的热情赞颂。

啊，图们江水爱唱歌。

雪 浪 花

看着苹果梨开花，心里激起波涛万顷。啊，苹果梨树开的花，花朵似雪呀，好像在碧绿的海洋上，掀起一片一片的雪浪花。苹果梨花多么素净，多么纯洁，一场春雨过后，梨花一片白。

看着这一片花海，怎能不想念您啊，敬爱的朱总司令。

1964 年 7 月，朱总司令视察到这里，他曾来到这果园，果园的老书记说，朱总司令拿着拐杖指点着一棵又粗又大的苹果梨树说：

"苹果梨味道真好，只有在这里才看到结苹果梨的树，它果实累累，象征着边疆人民的丰富生活呀！"

从那以后啊，我们看到果树开花，就想起这亲切的话。

我们果园丰收，就盼望着朱总司令能来到祖国边疆，请他尝尝这甜蜜的苹果梨。

14 年过去了，花开又花落，丰收一茬又一茬，我们多么想念朱总司令啊！

朱总司令啊，您的话语响在我们耳边，您和蔼可亲的形象啊，永远呈现在边疆人民的心上。

苹果梨开着白色的花，好像在碧绿的海洋上掀起一片一片的雪浪花。

垂 钓 者

江柳依依，柔嫩的柳丝，轻拂着江堤。堤上，坐着一位鬓发皆白的垂钓者。

40年前，你也曾坐在这里垂钓。你把钓上来的最大的一条鲜鱼,送到了垂涎三尺的日寇讨伐队长面前,由于你的巧妙周旋,掩护了一队抗联战士,顺利地向深山转移。

啊,你的这根钓鱼竿,也是一杆抗日的枪戟!

江柳依依,30年前的一个秋日,你又坐在这里垂钓。一批人民子弟兵的伤员,住在村里,他们身上的每一个伤口,都牵着你的神经;动手术时,从伤员头上滚下来的每滴汗珠,都砸在你的心坎上。于是,你重又操起钓竿,把钓来的一尾又一尾活蹦乱跳的鲜鱼,亲自熬成鱼汤,一碗碗,硬是塞到伤员的手里……

啊,多少对人民军队的爱,在这根钓鱼竿上凝聚!

江柳依依,40年后的今天,你又坐在这里垂钓。一排排雄伟的钻塔,在你身后屹立,原来,勘探队在这里发现了一种稀有金属矿藏,那一座座帐篷,像一朵朵迎春花,开遍了山脊。勘探队员们为了查矿脉、找标本,跋山涉水,风餐露宿。看着他们那一张张黑瘦的脸膛,老人无限心疼,于是,你又把那钓竿重新拿起……

啊,在这钓竿上,寄托着延边人民对"四化"的无限希冀!

啊,江柳依依……

雨　中

江柳依依,在雨中,江柳把长长的柳丝飘拂在湍急的水面,啊，图们江涨水了。江水似烈马滚滚奔腾。

江畔的一群朝鲜族小学生，他们在雨中唱着歌子，快步如飞，像山雀扑腾。

"季南米！季南米！明巴鸟在等你。"

突然，一个赤脚敞怀的男孩子用力追赶着前边的男孩子。

"啊哉（怎么啦）！啊哉！"

"巴里（快）！巴里！四年级同学的老师刚刚从水田插秧结束，脚一踏上路边，就滑倒在江湾，人事不知哩，巴里！巴里！"

"巴里！巴里！"

所有男孩子、女孩子都飞跑着跟来了。

由两个孩子两个社员，把跌倒受伤的女教师送往公社医院去。

我们山村的女教师啊，连日来带领着学生协助生产队插秧，让孩子们在雨中得到劳动锻炼，而她自己也和江畔的社员更加亲近，社员们称赞她是自己孩子的好老师，是咱们山村的好教师。

江柳依依，在雨中，江柳把长长的柳丝飘拂在湍急的水面，啊，图们江涨水了。江水似烈马奔腾！

把女教师送往公社医院！

江边堤上的队伍一字排开，队伍在雨中行进！

新 月

在静静的江边，一轮新月挂在山头上，图们江水奔腾激荡，好像在这静夜里它有叙述不完的情思。啊，这时候，一个刚从朝鲜过江归国探亲的老人，正领着他的孙子来到江边。

老人对孙子说：“看看，这是中国的山，这是中国的村庄，是你爷爷从小长大的地方。”

这是他在自述，也是说给他孙子听的一首歌吧。

岁月在他的双鬓染上了白霜，虽然孙子并不一定懂得他说的话的含义，但这是他对生养他的祖国的怀恋。

今夜的月亮啊，像迷人的灯光。夜里好静啊，江边很迷人。图们江奔流着，那老人和孩子的影像照在江面，江水激动着、奔涌着，江水也在唱着夜歌，陪伴着老人和孩子。

一弯新月升上中天了，老人和孩子还不愿离去。

金色的秋天来了

金色的秋天来了。

延边的秋天，是那么绚丽多彩。

金黄的稻浪像一幅一幅色彩浓重的油画，镶嵌在边疆的盆地、平原、江畔和山涧旁边。还有那些大片大片的果园啊，更是令人神往。

你来吧，到延边的果园来吧，那嫣红的苹果梨呀，点缀着小小的斑点，像少女羞红的脸蛋；那向太阳的苹果梨啊，呈现出酡红的面皮，半藏半露在碧绿的叶丛中间；当你来到果园，她们像绽笑的花朵，向你投以深情的致意。

让我们一起祝贺吧，一起来欢呼,延边又获得了美好的大丰收。

果园老人和年轻的果园姐妹们，用劳动的汗水，用夜以继日的辛劳，换来了这累累的果实。

　　啊！春天的抗旱，夏天的除虫，秋天的保护……秋天来了，他们在沉甸甸的果实压满枝头的树棵下，支起一个个架子，不让果实压折了枝条，好让果实迅速地成熟。

　　果园的老人啊，指点着累累的果实，对远方的来访者说：

　　"没有汗水，哪得果实？每个红红的苹果梨啊，都是用辛勤的汗水换来的！"

　　是啊，"没有汗水，哪得果实"，这是金子一样的语言，这结论来自实践！

　　啊，我们面前出现了果园劳动者生动而繁忙的画面：

　　春天的抗旱，夏天的除虫，秋天的保护……

　　来吧，请到延边的果园来吧，来庆祝我们大片大片果园的丰收！

　　是啊，没有汗水，哪得果实！金色的秋天来了。

五月的江边

　　五月的图们江边啊，是最美好的时刻。

　　山花开了，细雨和风把山峦染绿了，也染红了。啊，山花中最美的是金达莱，殷红、艳红、酡红，有红得如火的炽烈，有红得如榴的明亮，也有红得发蓝的妩媚，更有红得似丹的执着。啊，金达莱开放了，这时候啊，图们江畔该有多少春色！

　　再看那江畔的山坡上—江湾里、盆地上，还有大片大片的苹果梨果园，满树的花开得多好，白如霜花又似雪堆，好像是在绿海中涌动的一片一片的雪浪花。这驰名中外的延边苹果梨啊，雪白的花开得多么素洁！

啊,图们江里映着红色的白色的花朵;碧绿的青山和秧田呀,倒映在江中。图们江似喝了醇香的美酒,甜甜地醉了……

图们江边的五月啊,是最美好的时刻!

窗　口

我家住在图们江畔,明亮的窗口正对着蓝色的图们江。

啊,江水腾起金色波浪,那是暴风刮起江岸的尘土在江上飞旋;江水泛起银色的浪花,那是微风徐徐从江上掠过,使大江更加多情、更加舒畅。更难忘,那四月的桃花水,冰块在撞击,满江春水在奔腾。呵,春天的图们江,复苏的大江胸怀激荡,我听见江水在纵情歌唱,豪壮的歌声拍击着人们的心胸。

盛夏和金秋的图们江,有木筏在江上畅流。长白山的红松、白桦和楸子……在放排工人的号子声里,像驯服的野马飞流直下。江水回荡着流筏的歌,蓝色的图们江载着歌声流淌。

我家住在图们江畔,那明亮的窗口,映着江流撞击我的心口。图们江日夜在歌唱,我心中也唱着一支深情的歌——那是礼赞图们江的歌,那是献给祖国母亲的歌。

问　江　流

图们江啊,你日夜奔流,你不知疲劳,你迅跑,你咆哮,你为什么如此充满激情啊？

是因为我们生活里充满着欢乐，你就唱出欢乐的歌吗？

是因为你发源于长白山的天池，你有着两岸人民的奶汁，你有着万千山泉、万千溪流的汇合，你才如此充满激情吗？

图们江啊，你是中朝人民的天然界河，这江上两国人民友谊的故事啊，似江水，流不断，所以你才有诗情横溢，如此汹涌澎湃勇往直前吗？

图们江啊，你深沉，你执着，你是中朝人民的一条脉搏，中朝人民的友谊啊，使你永远唱着激情的歌，你奔腾不息，流着欢歌。

啊，图们江唱着心中的歌。

雨　点

雨点儿落在杜鹃的叶子上，

雨点儿滴在不老草的草芯里。

我们在雨中的森林小铁路上快步地飞跑，迎着蒙蒙细雨，啊，雨中的小火车载着原木，隆隆地唱着一支欢乐的歌，把长白山的原木运出山去，去建造高楼大厦，去建设新的厂房、新的大学，造出新的船只，架起新的桥梁。

啊，密密的雨点儿，滴滴答答地下着，雨点儿滋润着北方的山峦，我在林中的小铁路上飞也似的跳跃，水珠儿点点滴落在原木上，落在我们的头上、衣服上，我们在雨中感到更加清爽。看小火车在行走，我的心中充满着春天的欢乐。

浮　云

浮云涌动，大地掀起春潮。在那阵阵春风里，百草绿了，山花红了，小鸟鸣唱着春天，小河吹奏着欢乐的旋律。

浮云涌动，冰河开了，桃花水下来了。海兰江波涛汹涌，春天乘兴来到了繁花似锦的延边大地。浮云，你带着吉祥如意的消息和活泼欢快的情绪！

啊！春天来到了延边大地。看呀，朝鲜族人民在春风里播种，在春风里歌唱——啊，繁花似锦的延边大地。

秋　千

秋千飘得多高，秋千架上的朝鲜族少女的心儿蹦得就有多高。她们踩动起来，风声呼呼，咿咿呀呀，平地上的人群像筑起了一道道铁墙，大家的目光都集中到这一对对秋千少女身上。随着秋千悠悠地摆动，人们的心也奔腾似野马狂跳。

秋千，这是朝鲜族妇女的一种体育活动，竞赛起来，那是每年农历五月端阳节前后掀起的高潮。凡是来围观的人们，都深深赞美荡秋千的人们，而秋千架上妇女们的勇敢神采，又鼓舞着人群，感受到延边大地充满生机，朝鲜族人民勇敢、坚强而富于歌舞艺术的青春魅力。

秋千高，勇敢而美丽的少女在云中飞飘。

果园老人

你住在果园。特别是苹果梨成熟的时候，你日夜在果园守护，果园就是你的家。

一间白色粉墙的茅舍，坐落在果园中央，简单得不能再简单了，可你以这间小屋自豪，这座果园啊，以你而骄傲。

你已经年过 70 了。在家里，你和孙子说：

"我老了，我老了，你们要把家业发展好！"

可是当着大伙儿的面，你却说：

"我不老，我不老，我什么都能干得了！"

你是抢着为祖国的社会主义服务啊，你要为"四化"做出自己的贡献啊！对果园的领导，你有意见就提出来，队长失职了，你指着他的鼻子斥责啊，队长领导得法，你就拍着他的肩膀说声好，你笑得白胡子直抖颤啊。你在果园参加各种活动，遇上生产队开会，你才回村子，不然，你就总在果园，吃住都在果园里。

果园里哪个角落没有你的汗珠，哪棵果树不记着你亲切的嘱托？伴着晚霞，你常常和果树说话，枕着银白的月色，果树和你一起入梦乡。

当远方的客人问起你的名字，你却总是腼腆得像个孩子，你脸都红了，你说：

"老山沟的人，要记什么名字，人们都叫我老果树，要是加个姓，就叫老朴头！"

啊，老果树，抽新枝、开新花，年年秋天果满枝。

快装啊，快装

果园的朝鲜族姐妹哟，白色的上身，翠绿色的短衣，红色的蓝色的长裙。啊，一个个胸前挎着筐篓，你们的双手啊，多么灵巧秀丽，又多么有力；你们的眼睛像明亮的海兰江的河水。快快摘啊，一个个苹果梨，装进了筐篓。

果园姐妹啊，你们把满筐满篓的果实啊，顶在头上哼着歌儿，踏着轻松的旋律，快步如飞，把苹果梨大堆大堆地聚积起来。啊！聚积成一座一座的果山。又一群阿兹妈妮（大嫂、嫂子，指婚后的妇女）和哈珞妈妮（大娘）啊，你们欢声笑语地挑选，按照质地的不同，分成等级，装进不同的筐篓。唯有那特等的，用纸精心地包好，装进一个个硬纸壳的箱里，这就是出口的物资啊！它们将漂洋过海，运往世界各地。当那些外国朋友尝到这甜美可口的果实时，他们虽使用各种不同的语言，却都是同一的赞颂："多么难得的甜蜜的果实啊，这是中国延边的苹果梨！"

快快装啊，快快装，把美好的语言、纯朴的深情、诚挚的情意，都装进果箱，运送到祖国各地和世界各方。

啊，啊，啊！

果园的姐妹情意长，

劳动的果实最芳香！

果树队长

虽然你不是在果园里生下的，但你是在果园里劳动和成长的。虽然你不是在图们江畔的山村里生下的，但你深深地爱这里的一草一木。你把这里当作故乡，这里的乡亲是你的亲人，这里的土地有你撒下的热汗。

你是城里来的女青年，到这里，你认真地向老贫农学习，还把自己的心交给了山村的人民。

大家选你到果园来，你打心眼里赞同。当你听到赞扬的话，你是那样腼腆，不等人家说完，就悄悄地走开了。

有一次，当记者把镜头对准你，你赶紧跑了，可是有些女孩子却紧紧跟着记者，恋着要照上一两张相。你一边跑一边说：

"我在果园里啥也不会，是果树爷爷手把手教我的！"

记者跟着你跑，一边跑一边说：

"你别跑，不光照你。"

你还是跑，又说：

"要照相，给果树爷爷照几张。"

记者急了：

"你也照，他也照，果园的人呀都要照！"

果树队长啊，春天你和大家抗旱，你顶着一个水罐走向图们江。你顶着图们江的水，快步如飞把果树浇灌，你在前面走，后面跟着一大群，又是顶，又是挑，哪怕旱魔不投降！

果树爷爷说：

"咱们打井吧，地下有水。"

你和果园的伙伴啊，白天打井到深夜，三星打横也不住工，终于挖出了地下水，清亮清亮的水啊，浇灌了这果园，也浇在你和伙伴们的心田中。

啊，果树队长连连回答了记者的提问。

记者说：

"你是果农的好后代，你的爸爸就是果树队长，我是知道的。"

你说：

"我是果农的后代，可我爸爸在延吉……"

记者说：

"啊，啊，你不是叫朴玉子吗？"

"是叫朴玉子。"

"那么，我找错了？"

"没有错，我们果树园还有一个朴玉子，她的阿爸吉（爸爸）朴龙洙，以前就是果树队长！"

啊，果园里玉子有三个，其中两个同名又同姓。果园的姐妹啊，个个是模范，难怪记者这么高兴！

果树队长啊，果园是个大课堂，还有许多学问等着你攻读。

果树队长啊，果园是个广阔的天地，愿你加鞭快驰骋！

阿妈妮和果园

每当金红色的苹果梨成熟了的时候，霜很重，雾很浓，清晨的果园，只能看到眼前浓霜覆盖的果园一小方，一小方。累累的红果啊，掩藏在绿色的枝头和叶间。暮秋到了，赶快收摘苹果梨吧，冬天又要悄悄来临了。

阿妈妮天天到果园来啊，她头上扎着雪白的毛巾，上身穿着白色的衣裳，青色的长裙，随风飘动。阿妈妮是果园的主人，她天天在果园劳动。早晨她踏着浓重的秋霜，从村子里顶来了白花花的大米。她走在山村的路上，踏出一串串清晰的朝鲜族妇女们爱穿的塑料船型鞋印，鞋印像串串花朵哟，一路快步来到果园。

阿妈妮带来了一团火啊，她给果园带来了盎然的春意。阿妈妮将果园小屋的灶膛点燃，顿时，淡淡的蓝色的炊烟升上了天空。啊，青烟缭绕在朝阳映照的高远的天空。一时间，给果园添上了活鲜鲜的气氛。

阿妈妮，你是知道的，这果园啊，过去只有坚硬的石堆，还有大棵大棵的树墩，石缝里长着长长的茅草，常有长虫栖宿。你的老伴——朴因焕啊，带领着一群青年，拣石修园。树墩挖出烧化，用作肥料，把一棵棵果树栽上，还把大株大株的老果树也移来这里安家，汗水浇得果树绿啊。三年过去了，五年过去了，十年过去了，山村更美了。春天里，果树青绿好修枝，夏天啊，青年们喷药来除虫。劳动的汗水，换来了秋天丰收的果实。

阿妈妮啊，你是果园的主人，老朴啊，吃住在果园，以果园为家。今日的果园啊，新的品种实验成功了，果园里招来了多少远方的客人。

阿妈妮讲起果园，要说的话，三日四夜也说不完，要唱的曲啊，可以用车载。

阿妈妮和果园结下了不解之缘，老朴，他向远方的来访者介绍果园的情况，是那么认真、仔细。末了，他当着远方的客人，还要讲述阿妈妮在果园的故事哩。

阿妈妮和果园密不可分，果园和阿妈妮啊一往情深。

果园圆舞曲

大堆大堆的金红金红的苹果梨运走了。照理说，果园里减少了嫣红鲜美的果实，该显得空空荡荡了吧，人们该悠闲自得了吧。不，果园里的人们啊，照样是充满劳动者战斗的激情。

他们庆幸又一个金色的秋天，取得了丰盛的收成，这时的劳动啊，更富有诗的魅力，欢乐而紧张的情调充溢着果园。园子被清理得有条不紊。

啊，要做好各种过冬的准备。要知道呀，冬天快来临了，最早的一场雪，已经飘飘洒洒地来了，又悄悄地飞走了。果园里要有过冬的准备和安排。

紧张的劳动后需要及时休整，在安排过冬准备工作的时候啊，人们还保持着旺盛的精力。

每当一阵紧张的劳动过后，就有愉悦的歌声和舞蹈在果园里进行。

唱吧，跳吧，歌声里充满了战斗者胜利的豪情。

跳吧，唱吧，姑娘们跳着轻快的旋律，舞姿里绽开了欢快的笑脸；独具风味的唢呐啊，吹奏出让人迷恋的音响，你听了，怎能不翩翩起舞，尽情地赞颂着劳动者战斗的激情啊！

从歌声和舞姿里，播下金色的理想吧，我们又能看到明年秋天的金色的大丰收！用战斗的自豪和劳动者的宽大胸怀，迎接又一个明媚的春天吧！

鼓　并　唱

鼓并唱，听到这样的节目，你准会觉得新鲜。

鼓并唱，这是朝鲜族歌舞艺术里一朵小小的新花。五个或者七个男演员，一边击鼓一边唱，一边跳着一边敲打着走上了舞台。他们唱着改编的民歌，既活泼洒脱，又幽默风趣。他们唱着延边大地海兰江畔的山乡小调，有人物、有故事、有情节，表演逼真，唱得精彩，跳得热烈，鼓点是节奏，也是伴唱。有时候，你敲着我的鼓，我击着你的鼓，活泼得像天真的孩子，跳起来，唱起来，优美的旋律，直撞击着观众的心弦。

啊，鼓并唱，多么新鲜而活泼的演唱，看着，听着，把我们引向朝鲜族社员的家园，把我们带到稻浪滚滚的田野和丰收的苹果梨果园……

啊，我来到了欢乐的延边。

洞　箫

洞箫是朝鲜族很普遍的一种乐器，在各种各样的场合都能听到洞箫的声音。

洞箫声声，吹奏着悠扬悦耳的音调。我看见老人和青年人在演奏，一支小小的并不很长的竹管，吹出的曲调却激动人心，传得很远很远。

箫声里有低回婉转的爱情对唱；

箫声里有昂扬高歌的雄壮激情……

　啊，洞箫声声，有时是作为乐器，给歌唱者伴奏；有时又用来独奏，出现在舞台和联欢的晚会上，赢得一阵又一阵的掌声。

　啊，箫声里有欢乐的歌唱；

　箫声里有悠长的心曲在倾诉……

　我喜爱延边朝鲜族这种优美抒情而激人奋起的洞箫，箫声里，新生活的欢乐像淙淙的小溪一样在流淌……

在　泉　边

　她来到泉边，用泉水做明镜，水面上映出了她娇红而羞涩的脸。啊，水稻丰收了，昨天，她（玉子）和明哲赢得了一面青年劳动竞赛小旗，大家祝贺他俩的竞赛成绩，也祝福他俩爱情的胜利。今天，玉子在等待心上人的到来，他俩相约在泉边幽会。

　在泉边，姑娘手捧着一个绣花的"谈泊双径"（烟荷包），是准备送给心上人的。啊，心上的人儿啊，怎么还不来会面……

　来了，明哲哼着"阿里郎"来了，脚步是那样轻盈、迅捷，节奏是那样欢快而流畅……

　来了，玉子捧起一捧水，向明哲泼去，珍珠般的水珠，泼洒在他的脸上身上，也泼进了他的心里，甜丝丝、乐津津的。

　明哲捧来了鲜花，鲜花代表了他的心意。

　一对年轻的恋人，互相倾诉着心曲。玉子和明哲沉浸在幸福中，他俩憧憬着美好的明天。

　在泉边，爱情的种子在萌动……

边防村写意

春

　　在融融的春水里，一群鸭子欢快地游着，啄食着刚刚开江冰凌滚动着的草根。

　　在喧闹的江边红柳枝上，飞鸟喳喳地唱着一支歌。

　　碧绿的秧田里，歌声阵阵。那吧嗒吧嗒的有节奏的洗秧苗的水声，是动听的劳动的旋律。

　　啊，春天来了。

晚　霞

　　晚霞似火，晚霞如红云。

　　边防村在晚霞中显得更加喧闹、更加迷人。

　　那些插秧的姑娘们和阿兹妈妮回来了，她们挽着裤腿，她们走在村中的细沙道上，她们踏着一路歌声。

那些放学的孩子们走在回家的路上，又是蹦跳，又是嬉戏，又是歌唱，那歌声飘飞在村舍，飘入了五彩的晚霞之中。

那些巡逻的战士和民兵们回来了，他们迈着坚实的步伐，他们肩扛着银枪，银枪上挑着晚霞，如彩虹，似琥珀，孩子们一看见战士们就欢跳着迎了上去，军民们同在迷人的夕照中，相对而笑，甜甜的笑声震荡着边疆的山峦。

晚霞如火，晚霞似红云。

边防村里一片喧闹。一群战士和民兵们又出发到边防线上巡逻去了。边防村在晚霞里裹着笑语和歌声！

沙溪的水

沙溪的水，不知疲倦地向前流淌，它遵循这样的信念：前面有新路，我要向前行。

沙溪的水，日夜在歌唱。那哗哗的水声，就是山村一支动人的奏鸣曲。老人听了，唤起过去的回忆；青年人听了，激起他们在劳动中竞赛的热情；孩子们随着它的节奏和旋律，跳蹦着走向民族小学校，他们也加入溪水的合唱。

沙溪的水清悠悠，捧起来喝上一口，甜津津的，润了歌喉，添了力气。啊，沙溪的水唱着小曲奔向河流，在它们的前面是戛牙河，是图们江。它们最终要投向大海。

沙溪的水也是一面镜子，照着我们的孩子在天天成长。我们这个边境的山村，居住着朝鲜族和汉族的农民，还有边防战士。沙溪的水唱着一支民族团结的歌，军民联防的歌，向前奔腾。

长白飞瀑

从天池流下来的清泉水，在这高高的白山石上，激起万丈狂澜，飞泻而下。啊，你是生命的召唤，你是智慧的倾注，你是力量的汇集。看到你，我们心胸开阔，热血沸腾。

啊，长白飞瀑！三江从你这儿起步，浩浩荡荡，你冲出山涧，奔向平原，飞跨千峰万壑，滋润祖国北部边疆的土地，为人民造福，贡献出你全部的智慧和力量。

啊，长白飞瀑。在你身边，我们听见涛声啊，我听到鸭绿江上中朝人民友谊的颂歌，听到图们江上中朝人民流送木筏的劳动号子，听到松花江上的渔歌。啊，长白飞瀑，你一泻千里，勇往直前，在人们心中飞溅着生命的浪花和时代的强音！

炊　烟

早上，蒙蒙的曙色遮盖山峦，我们迎着霞光跑上山来。不一会儿，炊烟袅袅，啊，把村子画得更美了，我们在山头上，看着红日升腾，看着炊烟上升，长白山下第一村——奶头山啊，祖国边境好山村。

山上的松树和白桦亲切絮语，它们在诉说昨夜的迷人的梦境,它们在交谈新的生活的理想。啊,长白山下第一村,铺金叠翠,是绿色的宝库,是金色的粮仓,是五色的彩虹,是长白山小小的明珠,是北方山色的画屏。

山上看炊烟,好像无数支画笔把美的图画来勾描。

纱　巾

红色的,蓝色的,碧绿的,浅紫的,五彩的纱巾飘荡着,少女们在跳着农乐舞,我静静地观看着——

一会儿,她们做着插秧的舞姿,在春雨淅沥的水田里竞赛;一会儿,她们在抗旱保苗,一个个头上顶着水罐,心情焦灼;不一会儿,她们又在收割,金黄金黄的稻穗在天幕上闪动着,姑娘们欢腾激动。是啊,她们洒下了珍珠也似的汗滴,她们付出了辛勤的劳动。

来了,看水员阿爸依飞舞着银锄来了,他一步一个闪电,他一步一声鼓点。少女们团团围住了老人,阿爸依托着金色的丰收的谷粒,喜在眉宇,笑在心头,祝贺延边大地海兰江畔迎来了丰收的秋天。

橙黄的,青葱的,粉白的,天蓝的,五彩的纱巾在飘荡,一群朝鲜族少女的舞影映红了祖国延边大地,也映在了所有观众的心上。

打　谷　场

晚霞染红了山峦，我们蹦蹦跳跳地来到海兰江畔的打谷场。

打谷场，堆满了金色的稻谷，扬场机在轰隆隆地歌唱。

啊，打谷场是金色的海，我心中充满着晚霞似的图画。扬场人的歌随着扬场机掀荡。

打谷场，我们金色秋天金黄色的海洋，这是朝鲜族农民一年辛勤劳动的收获。水稻金灿灿，这里正在扬场，那边稻谷翻开金色的波浪。啊，水稻丰收，海兰江畔延边大地在狂欢歌唱。

打谷场，延边大地宽阔无尽的舞台啊，朝鲜族老人和孩子们、男女青年们，愉快地跳起了丰收的农乐舞，他们在歌唱美丽而丰饶的延边。

明　月　沟

我跳着，我蹦着，我欢快地奔跑着。

来到山村明月沟，我也像一个纯真的少年。是什么激动着我的心？是山泉，是明月，是突突的抽水机，是明月沟的姑娘们的歌舞……我被这山村的淳朴风尚所感染。

我跳着，我蹦着，今夜啊，我们一起拥向金秋的果园。

金红的苹果梨收摘了，果实堆成了一个个山尖儿，在朦胧的夜色里，看上去像一块块的瀑布挂在山坡悬崖边。

果树园子的姐妹们，在听老果树爷爷讲当年长白山抗联的故事；那边，有一个阿妈妮拨动了琴弦，她抚着伽倻琴弹唱，清歌伴着山泉水，流淌在人们的心间。

我跳着，我蹦着，我又来到高高的烤烟楼前，山村的月夜是静谧的，也是喧嚣的，有歌有舞，也有书声和琴音，欢乐跳荡的音符，在我的心中回旋。

边防村写意

这里四围青山，一弯溪水，村子里有歌声，有笛声；

这里，夕阳照射着村子，晚霞把村子染得像新娘子。

放学了，孩子们欢跳着，一队边防军战士巡逻归来了，孩子们迎上前去。敬礼、问候。战士们明亮的眼里涌动着春潮，张开了笑脸，把孩子们拥抱。

这里是边远的深山，这里有界碑，村子坐落在边陲。战士们的营房连着村子里居民的住房，朝鲜族的农民，常到营房来看望战士们，连长和村支书是要好的朋友。

祖国的儿女们热爱祖国的每寸土地。

战士们生活在祖国的怀抱，他们心里唱出的歌儿圆润、高昂、辽阔。

眼　睛

你曾见过边防军人的眼睛吗？

我见过。

这样的眼睛严峻而深沉，对边防线上的一切，一下收进眼底，亮在心胸；

这样的眼睛明澈清丽，对祖国的山山水水，对祖国的人民一往情深。

爱啊，忠贞不渝，情啊，凝集在双目，他们的眼睛，就是祖国的窗户，就是边疆的丘陵和山峦。

边防军人的眼睛就是祖国人民心灵的窗户，对外来的入侵，对亲人的嘱托，全亮在眼里，亮在心里。那深深的情怀，像那边境宝蓝色的湖水，掀起迷人的涟漪。

当你见过这样的眼睛，走遍祖国，永远不会忘怀。

那严峻深沉而明丽清澈灼灼闪光的眼睛啊，永远亮在祖国人民的心中。

她，从草原上来

图们江畔的边防连，有个罗连长。

罗连长来自草原的牧场，他是牧民的儿子，他父亲朝鲁巴根，是内蒙古自治区的特等劳模，得到了全国牧场牧民的赞扬。

今天，罗连长的爱人———一个草原上的医生，来到边防村，所有的人都到边防连来向她祝贺。战士们巡逻归来，每人带一束百合花，罗连长的房子里鲜花在开放，红彤彤的，火灼灼的，红得像彩霞，啊，红得似牡丹，啊，屋子里一片火热明亮的色彩。

啊，罗连长的爱人从草原上来，我们图们江畔的边防村呈现出热烈欢腾的景象。

蜜　酒

我们要离开防川了，几天来的走访给我们的印象是深刻的。这里既有防川人改造大自然的业绩给我们的启示和教育，也有那秀美的山水给人的诗情画意……

我们要和防川的人们告别了，我们要向老书记告别了。按照朝鲜族的习惯，临行的前夕，主人和客人要在一起喝酒欢聚，还要唱歌和跳舞。席间，酒过三巡，老书记拿出一瓶酒来，热情洋溢地说：

"同志们！请喝一杯蜜酒吧，这是我们防川人自己酿造的蜜酒啊！我们这儿有了蜜蜂，自己有了养蜂场。我们这里呀，过去是个不毛之地，从春到夏，由秋到冬，一年四季风不断，连蜜蜂都不肯来。可是现在啊，蜜蜂恋着再也不走了，来来来！这是我们自己酿造的防川蜜酒，同志们，快来喝啊，希望你们再来防川！"

老书记动情了，他一开口，话就收不住啊。我们举杯痛饮这蜜酒，防川蜜酿的酒啊，醇香甘甜。我们的心醉了……

啊，防川蜜酿的酒啊，我们喝下了，心里甜滋滋的。防川人美好的生活不就像这蜜酒醇香而又甜美吗？

我们高高举起金色的酒杯，同声回答老书记：

"防川人的精神给了我们很深的启示，防川的蜜酒甜在我们心里，我们一定再来！"

营　房

红砖青瓦的营房。

营房静静地耸立在边防村的山坡上，营房的围墙上有硕大的美术字："以边防为家，建设边防！保卫边防！"

边防连的营房，在黄昏降落的时候，飘出了歌声、琴声、笛声；这时候啊，村中的上空有炊烟袅袅，欢声笑语喧哗。

边防小学放学了，校园里的孩子们在练球，在跳绳，在捉迷藏——捉拿"逃犯"，捉拿入侵的"敌人"。啊，孩子们在战士的心里似玛瑙，像珍珠，又发热，又闪亮，几个战士和孩子们一起欢跳，一起投篮，一起歌唱。

边防连的营房连着边防村的民族小学；

边防连的营房连着边防村的家家房舍，边防军的战士和我们村子的户户居民心心相连。

边防军的营房在我们心中耸立，在祖国前哨灼灼放光！

村　口

一进我们的村口，你一定会感到新奇。

是的，我们的村口，有一块界碑。你要注意，界碑是一种神奇而庄严的象征。这就是国与国的界线，我们祖国的领土，寸土不让，我们也决不踏上邻国的领土半寸。

我们的村口，连着友好的朝鲜，村口连着美丽的图们江。这江啊，就是天然的国境线。我们的村口，美丽神奇，边防军写着这样的大字——

建设边防，保卫边防，以边防为家！

一出我们的村口，你就得回头再看看我们的村子，红色的营房连着白色的村舍，朝鲜族的阿妈妮还在向你招手，盼望你们再来。

边防村里一片诗情画意，风沙遮不住边防军和村民的眼睛。

祖国的边防，绿色的边境，

祖国的领土，开花的国土。

黎明时的泉

黎明时的泉，泛着银白的亮光。

曙色朦胧中，那篝火还发出艳红的火苗。

啊，这延边的山峦处在静静的氛围之中。

上山栽参的人们啊，走出了木刻楞，这一排小木房，是他们劳动的住房。

长白山啊，是人参的故乡。

远山的天边升起了太阳，参棚里响起了劳动号子。

黎明时的泉边，小花鹿欢舞着，越过了山涧，奔上了山梁。

井 和 柳

井和柳，是亲密的邻居，是至近的兄弟手足。

啊，井在柳荫下张开微笑的脸，亮出明亮的眸子。

井和柳啊，我们边境山村人们美丽的图画，心中的宝物。清晨，迎来早醒的太阳；黄昏，送走西沉的晚照。

啊，井在柳树下思索，深沉地呼吸故乡的气流。

井是柳的镜子。大柳是井的衣冠。大地是井和柳的母亲。

当我离家外出，我的祖父领我来到井旁，祖父让我掬起井中的泉水，啊，我一饮而尽，无论我走在什么地方，我心中总激荡着故土的乡音。

啊，我们边境山村的井和柳，你是我心中的图画，你是我故乡美丽的象征。

北方的云

北方的白云啊，你托着边防战士的深情，去锦绣的江南转告家乡的亲人。

战士在边疆，守卫北方辽阔草原的安宁，战士在哨卡、在边境，巡逻、放哨，日夜守卫祖国的疆土。

北方的白云啊，你托着边防战士的喜报，转送给江南家乡的母亲。

啊，北方的白云，飘逸而又深沉，你托着边防战士的一片深情，飞向南方，飞翔在祖国朝霞万里的晴空。

江　畔

我从鸭绿江畔归来，江边绚丽的景色还留在我的心里。

鸭绿江是中朝两国人民的天然界河。

江对岸蓝白相间的公路客车在山脚下沿江飞驰，车窗里伸出了无数只手臂，频频挥舞着，在向我们传递着友情。

江这边的民族小学放学了，孩子们一路走，一路唱着歌。他们也伸出齐刷刷的小手，向江对岸致意，一路欢跳着。

江对岸的田野一片新绿。

江这边果树的花朵像白雪似的纯洁素雅。浓绿浓绿的鸭绿江上，片片木排载着运材工人的号子，荡起了层层春歌。

鸭绿江上浓绿的春水，欢腾着，载着中朝人民友谊的歌。

我从江畔归来，心中升起了彩虹，留下了绚丽的友谊的新画面。

泉 之 歌

绿色的边境清亮亮的泉。

我看见，边防军战士持枪巡逻，头上蓝天似海，绿色边境画一般美、酒一般醇香，无限的激情无限的爱恋在战士心中鼓荡。

绿色的边境清亮亮的泉。

我看见，一位朝鲜族阿妈妮顶水健步在山路上行走，她来到战士身边，把清亮亮的泉水捧给战士：你好啊，年轻的战士。战士饮下甜津津的甘泉，向阿妈妮深情微笑。再看那水中的天，天更蓝，再看那水中的山，山花开得更艳丽。

边防战士心潮翻滚，他心中要唱一支歌，祖国母亲听他歌唱，山山水水回荡着他的歌音，祖国亲人就在他的身边。

等待·凝望

我知道，你是不会来了。

可我还在这儿等待。

那铺着花草的小路，小路通向山冈。

那洒满歌声的小路，小路通向边防军营房。

我知道，你是不会来了。

可我还在这儿凝望。

整个边防村沉思默念，全村人都在凭吊你的英灵。

那通向山冈的路，像一条录音磁带，啊，你的歌声，常在人们的心上回响。

我知道你是不会来了。

可我总是在心中把你怀想。

边防村通向山坡的青松下，有你的坟茔，你为了抢救落水的山村医生，用生命挽救了他，你却远离了人世，远离了边防军战士和边防村的人们。

日落西天以后，天空出现了星斗，那最明最亮的星星，不就是你深情明亮的眼睛吗？……

张开幻想的翅膀——

幻想是孩子们纯真的流露和自然的思想；

幻想是童话的一个特点和必须具备的条件；

幻想是现实与美好的丰富联想的姊妹；

幻想是少年灿烂的星群在闪着光芒，是儿童朦胧的思想的火花。

有幻想，才有绚丽多姿的万千世界；

有幻想，才能充满豪情和自信，才能够战胜一切困难，迎来理想的霞光。

张开幻想的彩色翅膀吧，这样才能赢得胜利，实现美好的理想！

海鸟在飞翔

海鸟啊，你们飞翔……

在边防村峡谷里的湖面上，飞翔着一群群海鸟。

白色的海鸟啊，你们飞翔，带着大海里风帆的信息，你们飞翔；带来了大海的风情，你们在边防村的上空飞翔。

边防军在岗哨上，看见了你们，海鸟啊，你们飞翔，你们带去战士的深情，你们飞翔，你们带去战士的深情，你们飞回大海去，带着战士的情意，捎给台湾人民，祖国思念着自己的儿女，你们也思念着祖国的亲人！海鸟啊，你们飞翔，边防军战士向你们亲切致意。

呵，海鸟，你们飞翔……

战马长嘶鸣

我们的军马，高大紫红，长嘶于崇山峡谷；

我们的军马，奔腾如红云，在我们边防村里，所有的人都把它们当成骄傲的象征。

高个子战士宁布来自草原，对军马有特殊的感情，他自小在草原的马背上长大，他是勇敢的牧民，他是草原上的勇士，曾在草原上放养马群。他在马群中挑选骏马，将骏马献给了亲人解放军。

如今，宁布参军到边防，连里又让他养军马，来自科尔沁草原的蒙古族战士宁布啊，对军马有着特殊的感情。

高个子宁布啊，他和军马最亲，千里边防——钢铁阵地，边防军战士永远歌唱亲爱的祖国，战马长嘶鸣，这是对祖国唱出的歌声。

延边风情

暖　风

庭院里的樱桃树开花了，艳艳的花朵像张开微笑的脸。

大路上飞起了尘土，有小轿车开来了，啊，延边人民迎来了周总理。阿妈妮乐得扬手笑，她热情地在呼喊：

"阿得力——啊（孩子们啰）！你们都来看，请总理到我家歇一歇吧！"

阿爸吉撞起了大钟，可是大家不约而同早就等待在村边的大路两旁了。

温暖的春风徐徐地吹拂着延边大地，周总理所到之处，一片欢腾。

阿妈妮双手捧来了花坐垫，孩子们蹦蹦跳跳都来了，人们在静静地听总理讲话……

回忆是甜蜜的。阿妈妮给我们讲述着如何欢迎周总理，这喜事啊，就像发生在昨天。

喜庆的日子已经过去了 20 年。时间的长河啊，在人们心里流涌，延边的人民永远不会忘怀。

记忆的闸门打开了，欢腾的浪花跳跃在每个人的心坎。

温暖的春风啊，吹拂在祖国的边疆，延边的大地上春光灿烂。

手　杖

金风送爽的秋熟时节，我们来到了延边的果园。这个果园包括方圆几座山岭和硕大的多少片平原啊，这是我国（也是亚洲）最大的果园。

出场长引领我们来到向阳坡的一块地段，在白色的草房前，一棵大树上挂着一根金色的手杖，只听得老果农在慢慢地叙说：

"朱总司令啊，你老人家惦挂着咱们延边，那一日你来到果园……"

果园的场长介绍说，1964 年 7 月 12 日，朱总司令和董老曾来到这个果园，就在这棵苹果梨树下，总司令把拐杖挂在树杈上，详细问到苹果梨的生长和收入，关怀果农的生活……

金色的手杖挂在树杈上，果实累累想念朱总司令你再来。

苹果梨花开，如白云悠悠聚在山寨；

苹果梨开花，似雪花铺展在片片山坡上。

有花就有果实，当迎来十月梨熟的金色季节，果园的姐妹们就载歌载舞摘运果实，日里夜里盼着朱总司令能再来。

金色的手杖放出异样的光彩，老果农给年轻的果农们讲起朱总司令视察延边果园的情景……

啊，请到我们延边果园来。

啊，长鼓

敲起来了，啊，长鼓。

我看见你唱着跳着，啊——朝鲜族姑娘金粉玉，你轻盈的旋舞，像高飞的燕子，把春光洒向延边的田野，剪出片片绿叶和朵朵红花。

敲起来了，啊，长鼓。

我曾经听说你是水田的插秧能手，你是姑娘中的领头人；金色的秋天来了，你和姑娘们在图们江畔的田野收割稻谷，丰收的歌儿响遍延边大地。

啊，你身背长鼓，你舞着、敲着，像春天的燕子，剪着蓝天，剪开了绿色的原野，织绣出了灿烂的春天。

啊，长鼓，鼓动着人们激奋而意气勃发的长鼓，人们听着，心中荡起了明媚的春歌。

云　歌

你，走在我的前面。

你头顶着一包什物，我知道，这是一包衣物、服饰，或者有很贵重的东西，或者是平常的日用杂品。你走得很自然，也很有吸引力。

　　要过小桥了，我飞步向前，想替你背负头上的大包东西，可你停步，用一只脚勾起了一根杂木，是枯树，是多年遗留在道沟旁的一段朽木。这木头的重量不轻啊，我想去背那截杂木，可你抱住它又健步如飞地向前走去。

　　你啊，一直向着前面，像一朵流云，飘忽向前。

　　你还哼着一首"阿里郎"，那是一首朝鲜族平常的民谣。

　　一个五六岁的女孩儿，在桥上玩石子，你，立刻上前，抱着亲了又亲。

　　孩子乖乖地搂着你的脖子：

　　"哈珞妈妮，哈珞妈妮！（奶奶）"

　　你，把孩子裹好，背在背上；你，又将大包的杂物，顶在头顶；又将那截杂木夹在臂弯，搂在怀中；啊，你又迈开矫健的步子。你走过了小木桥，步入了大道。

　　啊，你又哼起了歌子——

　　道拉基，道拉基，
　　道拉基，道拉基伊……

　　对新的生活，你执着地爱恋，你就是一支流云的赞歌，在田野，在山间，飘逸、流畅……

图们江号子

生在图们江畔，看着四月的桃花水，他唱起了号子——

嗨喳喳——嗨喳喳，

木排顺江流啊，

心上走大江，

江上飞浪花。

长在图们江畔，看着五月江边的苹果梨开着雪白雪白的花朵，那满山满坡的梨花啊，比隆冬的雪还厚，比白云还悠远，他唱起了号子——

嗨罗罗——嗨罗罗，

我们唱着果园的歌，

江上飘着雪白的梨花，

金秋收获艳红的果。

他中学毕业了，参军离开了故乡，可图们江的号子啊，总在他心中激荡，当他在海岛上巡逻站岗，看着身边的大海，他想：我是为蓝色的图们江站岗。

他为祖国守海疆，他会唱《我爱蓝色的海洋》。但每当开联欢会的时候，他还是爱唱图们江的号子——

嗨哟哟——嗨哟哟，我的故乡在图们江畔……

五月的延边

五月的延边，多姿放彩的季节。

五月的延边，姑娘们展翅飞翔的时分。

秋千架上，妇女们翩翩起舞飞上青空。

跷跷板上，姑娘们一头踩着踏板在地上，一头飞起在半空高悬，就像是竞飞的春燕，你追我赶相对微笑。

更喜那足球场上，搏斗正酣。背着孩子的阿妈妮来了，拄着拐杖的老人来了，机关的干部来了，学校的师生们也来了，还有一队队边防军也来观战。这运动场上聚满了一个英武的民族，一个小小的足球牵系着半个城镇、一片山村、整个平原……

啊，五月的延边，显示着青春和神力的时光，处处是运动竞赛，遍地飞旋着歌舞。请你变成一只小鸟，飞到这里来观看运动竞赛吧，也加入这里的合唱。

啊，五月的延边，璀璨斑斓的春天。

孩子和倒木

图们江涨水了。

汹涌的江水啊，咆哮奔腾，一泻千里！可是，中朝两国人民在两岸筑起了高高的江堤，涨水怕什么！

从上游冲下来几棵倒木，接着许多倒木不断地滚滚而来。龙吉村的孩子们知道，这是对岸朝鲜的伐木工人流送的原木，由于涨水，把木排冲散了。倒木江中漂，就像一匹一匹的小马驹，由着性子满江跑。

倒木啊，快快流下来吧，我们把你们归拢到一起。龙吉村的孩子会游泳，他们跳进江心把倒木顺势推下，让木材乖乖停留在江湾的沙丘旁。

倒木啊，根根排成队，快快来集合，你们该听话，让孩子们把你们安置在这里。

对岸的朝鲜放排工人下来了。在金色的阳光照耀下，大江显得更壮阔。孩子们向朝鲜工人招招手，敬个礼。放排工人止不住心中的激动。他们迅速地把木材串成排，他们感谢中国孩子们的勇敢和支援。

啊，孩子们在江堤招手，一江春水唱着流筏歌。

尹 姬 淑

黄昏以后，林区进入了夜晚的世界，啪——林场一下亮出了串串星星，好像是明亮的眼睛，一闪一闪。林区的夜，白亮亮的。那水力发电站送来的电，使林场各个角落都亮起了夜明珠。

俱乐部里开始了夜校的活动。那个女教师，庄重质朴而又严肃认真。她开始给伐木工人讲课了，无论是干部、工人还是知青，大家都端坐在一排排课桌间，听得入神。

我也悄悄地坐在后排。我记起来了，我们的女教师，她就是贮木场的检尺员，原来还是女子伐木队的队长呢。

她，短短的头发，刚刚盖住两个耳根；

她，明亮的眼睛，像龙潭的湖水，清澈透明。

她，会讲英语，又用汉语和林场伐木叔叔说话。其实，她是一个朝鲜族姑娘，名字就叫尹姬淑。

她，白天给我们林区小学讲课，夜晚，她又在俱乐部给工人和干部讲学。啊！我们林区小学的女老师，她受到全林区人们的尊敬！

小 河

在祖国美丽的边疆——延边，山间的小河对我说：

我从山里来，我从长白山的峡谷中来，别看我现在流得欢畅，一到冬天就走不动了。

我对小河说：

那是你在积蓄着力量，你在山间深藏。天寒地冻，你在大山的怀抱里过冬，等待着春的到来。

祖国延边山间的小河，流得如此畅快，你亮着舒展、闪动的眸子，唱着一支心中的歌，流到大江大河去，加入到生活的更大激流中！

五月的苹果梨果园啊

你看这花啊，比雪花还白还亮，比银棉还柔和还舒展。啊，五月的苹果梨果园啊，看你一眼呀，多么舒畅，多么清爽。你是延边的绮丽的风光写照，你是绿色边境的白色的梨花呀，给图们江畔增添了吉祥如意的喜讯，为朝鲜族的果农带来了金色的丰收的希望。

碧绿青翠的山峦，层层叠叠绿得发亮啊，就在碧绿的山坡上，就在碧绿的大地上，延边的苹果梨果园啊，白花片片，片片白花铺天盖地呀，比雪花还白还亮，比银棉还柔和还舒展。啊，来看看吧，我们延边的苹果梨果园啊，孕育着绿色的梦，掩藏着金色的秋天的丰收景象。

看一眼五月的苹果梨果园啊，心里多么甜润，好像闻到了苹果梨的芳香，好像看见了红色的果实在眼前闪亮！

五月的苹果梨果园啊，你是一幅秀美的画，总在我眼前展出！

黄　牛

延边的黄牛是诚实的，这也难怪，黄牛是要耕耘水田的，延边的大片大片水田，就像美丽的江南水乡。啊，这黄牛是用来耕耘水田的。

黄牛有紫黄的，有浅黄的，也有深黄的，还有鼓溜溜的肚皮上带几朵白色花朵的。只要是砖瓦结构，房基用石头垒砌的房屋，那准是牛舍了，延边的黄牛是受到朝鲜族农民的敬重的。

到了金秋，牛车还往场院拉地啊；

到了茫茫风雪的冬日，山村的人们赶着牛爬犁上山打柴了，那堆得满满的爬犁，黄牛拉着它顺坡而下，黄牛肩负着多少重量啊，这延边的黄牛是真诚而朴实的。

尽管现在也有拖拉机耕耘延边的土地，但我看见延边的农民爱惜黄牛，就像珍爱自己的眼睛。

柳 芽

北风过后，迎来了化冻的日子。四月的图们江里滚动着冰块，啊，桃花水下来了。

柳芽，你这报春的鹅黄色的小鸟儿，落在江边的柳丛上，再也不起飞了。

柳芽儿，在江边柳丛，春天在北方，那就会很快有夏日的碧绿了。我心中正酝酿着一首夏天的歌，那是北方的春天赐给我的。

柳芽就是我心中的诗，它宣告春天来了，很快，很快，北方就要有夏日的清爽和春日的温暖交织在一起。

我的诗是柳芽让我唱给夏日的春歌。

喜归的雀子

你走时，正当欢乐的除夕，夜空挂着清冷的月亮，自从那个艺术团把你选去，你远走高飞，好几年了，你没有归来。

你人未归，可你的歌声却常常在山村人们耳畔回荡，也在青年男女们梦中萦绕。

你归来时，不是在春风铺花的日子，也不是在秋月高悬的丰收时分。

你喜归，是在洪水成灾的艰难时刻。

——党啊，我歌唱你光辉的昨天和灿烂的明天，青春闪着光芒。

你的歌声激荡着家乡救灾人们的情怀。

左邻右舍来看你，你还是当年的女儿家，口很甜，喊人像唱歌；笑起来，还是又耸肩又摇晃着头。

你小住三日，三日都在防洪堤上，你又急着回去，说：首都正准备一支文艺演出队，我也是一员。这支队伍要开到老山前线，慰问亲人边防军。

欢喜一阵接一阵。喜归的雀子又要飞走了。

听　歌

夜幕降落了，群星眨着明亮的眼睛。边防的夜哟，明净，恬静，幽深。

啊，我忽然听到了歌音。

是蓝宝石黛绿色的歌吧，是清甜的圆润的歌哟，飞出了军营。

和歌音贴得那么自如、那么流畅的，是横笛和箫声。

我知道，边防军指导员的妻子来了，她是从松嫩平原来的，带来了江边的渔歌，似火一样热情；带来了油田的清润，那是甜丝丝脆亮亮的女高音。

我知道，战士们向指导员夫妇致以衷心的敬意，官兵们在一起联欢，这女高音哟，来自松嫩平原，来自亲人家乡，带来了亲切的问询。

夜啊，更深浓；歌啊，更抒情。边境前沿的夜晚，充满着迷人的色彩，充满着欢乐和宁静，沉浸在安详和诗意之中。

顶

在延边，我看见一个个妇女头上顶着东西。有的顶着用布包皮包包裹的衣饰、食品，那大多是阿兹妈妮；有的女孩子顶着洗衣盆，盆里有搓衣板，有光滑溜长的小木槌，那是在河边洗衣的用具；有的阿妈妮虽然年纪老了，也不示弱，她们还在劳累，她们头上也顶着沉甸甸的包裹。啊，朝鲜族妇女多少年来，一代一代地顶啊，顶着星星，顶着月亮，在战争年月里曾顶着粮食，运往长白山密营，那是送给抗联战士的给养。在平常的劳动日子里，在田野，在山坡，她们顶着米酒，顶着甜甜的井水，那是一幅一幅多彩的画，那是一支一支劳动的歌。

顶啊，过去只曾在舞台上看到《顶水抗旱》的优美而雄壮的舞蹈，现在，来到祖国边疆美丽的延边，我看到了全新的景象。

顶呀顶，顶哟顶，顶着延边的山月，顶着命运的星辰，顶着边地的风雨，顶着黎明的曙光。

百合花开了

百合花开了。

图们江畔春色更浓了。

边防战士和民兵联防巡逻归来了，他们走在山路上，心情是那样的舒展。啊，百合花开了。

百合花红似火，娇艳如红云，山村小学的孩子们在雨后采摘蘑菇，小脸蛋在夕阳余晖的映照下，不也像朵朵百合花吗？

边防战士和民兵在山坡小路上与孩子们相遇了，孩子们一面把采摘好的百合花一束一束敬献给战士们，一面高高举起右手。

"解放军叔叔，你们辛苦了！"

"民兵叔叔，你们辛苦了！"

战士们和民兵们被孩子们突如其来的举动，感动得脸红了，在夕阳余晖的映照下，不也像朵朵百合花盛开吗？

孩子们喜获丰收，他们过了一个紧张而愉快的星期日，一个个背着鼓鼓囊囊的背篓，背篓里装满了山蘑。

战士和民兵的心啊像盛开的鲜花，他们用生命用汗水保卫着祖国神圣的领土，也保卫着孩子们——祖国的未来啊，这新一代的花朵，开得多么鲜艳！

百合花开了。

雨后的夕阳放射出娇艳的色彩。

想　象

对你来说，你还没有出过远门，但那遥远的边境的多彩生活，曾使你陷入长久长久的迷恋之中。

爸爸给你寄来了彩色的画片，那是他们边防军野外生活的照片，他们生活在冰天雪地的北部边疆，但也有富于童话世界般的景色。爸爸把彩色照片一张一张放大，又加上美丽的花边，好看极了。

你把照片连起来，加上自己的解说词，编成了"幻灯片"给邻居的孩子们放映。你还想象出一些动人的故事,讲给孩子们听。妈妈看了,激动得笑出了眼泪;爷爷和奶奶听了,乐得闭不上嘴。

妈妈说:"小木里,小木里,长大也到边疆去当个边防军吧,爸爸也会很喜欢的!"

小木里,一个二年级的小学生,乐得拍起手来说:"我也像爸爸一样,当个边防军连长,保卫祖国,保卫边疆!"

想象张开了彩色的翅膀,你和边疆的爸爸心连着心,爸爸也能想象到你这小木里是如何热爱绿色边境的。

多彩的边疆,像彩虹一样升起在小木里一家人的眼前。小木里唱起歌来了——

在延边的田野上

他一回到家乡,就一头扎在故乡延边的田野上。

原来在家乡的时候,他就是一个青年突击手,是个出色的民兵。就说他在生产上的猛士形象,也够写本书了。

当那列从省城开到这个边境的偏远的火车,在小站停住的时候,小站立刻沸腾了。

是迎接自治州来参观的客人吗?

不是。

是远方的朋友来访问咱们的苹果梨老果农吗?

也不是!

他一走下火车,便受到无数人群的包围,那是特意来迎接复员转业军人返回故里来的欢迎人群。这支大军黑压压一层,一圈又一圈地把他包围起来。

他还记得那年送他参军时上车的欢乐情景，其中还有他的表妹。

现在，他在人群中并没有发现她，他曾经给她写过好多封信，却一直没有得到她的回音。他遍寻不见，心中想，可能是另有所爱了，如果她不欢迎我这个复员军人，那也没有啥，我的主要精力，我们的青春是要献给故乡的田野的。年轻的朋友啊，至于爱情吗，迟早会来的，不是表妹，那就还有新的理想的人物来到身边。

今天，当他坐在金秋的田野上，作短短的间隙的休息的时候，他掏出了烟包，卷着自己亲手种的金红色的土烟，那烟丝是又细又匀的，还加了一些黄烟，那是咱们延边地区的特产——烤烟啊，这个绣花的淡泊桑吉（烟荷包），寄托着他年轻妻子福顺的一片深情。

他又沉浸在幸福而甜美的回想中了，那是他回到故乡第一年的端午佳节，西村的姑娘们和东村的姑娘们比赛着朝鲜族的传统节目——秋千，眼看那拴秋千的古老的核桃树干要折了，有个姑娘要从秋千上摔下来了，金吉洙不顾一切地抢上前去，说时迟，来时快，他正好接住了这个姑娘，全村人一片惊慌，一时间，姑娘们都吓傻了，幸亏吉洙接住了，救了姑娘，自己却被树干打伤了。大家又惊又喜，半天没有一个人说话了。

"吉——洙——哥啊，我不是做梦吗！"

"福顺，你不是好好的吗？别急啊——"

从此，西村的福顺和东村的吉洙结下了不解之缘……

"明札阿爸吉！明札阿爸吉！"

远远地他年轻美丽的妻子郑福顺来给他送饭来了。

金吉洙被这"明子他爹"的喊声打断了思路，他从遐思中回到现实生活中来。金吉洙已经回到家乡两年了。去年故乡获得了庄稼大丰收，那是实行了责任制以后，山村的面貌有了很大的改变。他和福顺也已经有了一个掌上明珠的小女儿了。两年来，他没有辜负部队首长和战友的期望，回到地方也是一位优秀的战士，他也没有辜负家乡人们的信任和属望，他担任着大队的民兵指导员。他和家乡的父老乡亲一起奋力劳动在田野上，迎来了又一个吉祥如意的丰收的金秋。

金吉洙吃着妻子福顺送来的香甜的打糕，夫妻俩相对微笑。这时候，乡亲们见了都哄笑了起来。高远的湛蓝湛蓝的天空，飘着几朵变幻着各种形象的白云，远处的田野上响起了歌声——

伊哩哩——依哩哩——

金风吹送着丰收的歌儿，

伊哩哩——依哩哩——

金色的稻浪铺满在延边大地……

五月，细雨长桥

伞花开在山村细雨的长桥，五彩花海在流动。

玫瑰似的红，樱花似的雪，还有淡蓝淡蓝的色彩，更有菊花一样的青朗……伞花在细雨长桥上开放，青年们踏着雨丝和歌声飞向五月的体育场。

五月的体育场，是花潮涌动的海。

一个民族在山花烂漫中飞翔。你看见吗，朝鲜族的歌舞和各种运动项目的比赛在交错进行，显示了一个民族的风采和青春的活力。

请来见识见识吧，延边的山峦和广袤的平原，有歌有舞，她在欢唱着一支青春圆舞曲。

伞花在图们江畔山村细雨的长桥上开放。

我的山坡

五月的日子，总是那么迷蒙，迷蒙中，我总愿意到山坡上看望江边的果园。

那金秋里壮实得像喝醉了酒的苹果梨树，在五月里，像是被层层雪花所堆积，那是白嘟嘟的雪国一样的果园，看上去，好像是在飞机上俯瞰北方的白皑皑的山峦，可是头并不昏厥，眼并不生痛，而是神清气爽，两眼明亮。

我又往山坡的上头攀去，一边攀，一边又停下来看那江边开花的果树园子。

越上得高，好像越看得清，我是从迷蒙中走来了吗？我还是爱看迷蒙的江边，迷蒙的雪花也似的花海的果园。

我再往山坡的上头攀登，再看那江，像一条滚动的带子、跃动的春水，满江里冲撞。我知道，这才是北方的图们江的春天，一江的春水，在大地上奔流，也在我的心中畅流。

五月的日子，迷蒙而多彩的日子。

江　堤

我们的排长曾在此参加修筑加固江堤的劳动。

边防村的乡亲们哟，你们是记得的。这两天，军民齐奋战，加固图们江的江堤的战斗，似江水波涌激奋。

我们的排长，为了救护塌方的几个民兵，他奋不顾身，跳上前去，啊，三个民兵得救了，而他——我们的边防排长却献出了宝贵的生命。

边防村的乡亲们啊，个个泪流满面，和平的建设生活，也有牺牲。我们的排长，他去了，留下了壮歌曲曲，留下了巍巍江堤，留下了军民的激奋。

排长的墓在江堤的山坡边上。我们的排长，他守在这江堤的山坡下，他的音容笑貌，他的赤诚壮举，就像这加固的巍巍江堤，峻立在图们江畔，树立在边防军民的心中。

啊，我们肃立在排长的墓前，我们用心里的歌，唱出对边防战士的礼赞，我们注目这坚固而伟岸的江堤，心潮似江水奔腾激荡！

楞场唱晚

养鹿·养路

妻在山里养鹿，我在山中养路。

沿着我们养路区的山中公路，可以到达长白山顶的天池，你可观望高高挂起的如鼓鸣响的长白飞瀑。

沿着我们山中云缠雾绕的盘山公路，你可以通到九山十八道沟的水电站观光，也可以到许多许多参场、森林新镇、药厂、酒厂，还可以叙谈畅饮参茸佳酿、葡萄美酒。

我在山中养路，妻在山里养鹿。

她养的梅花鹿，鲜活美丽温良。夏日里，妻领着姑娘们，赶着鹿群到青青的柞树林去，冬日则将鹿们圈养在各家的后园。

妻是场长兼兽医，她们的鹿场连公路，公路通到我们养路工区。

妻养鹿哩我养路，一路欢歌一路笑语。养鹿也有休假日哩，怀揣着工资奖金一匝匝哩，妻在山口把我望哩，我哼着歌子奔上去……

"紫貂闺女"

爷爷当年打猎，在深山老林像探囊取物，可一年也难得打到几只紫貂，带回家的都是挑在枪头的死兽。

爸爸曾养过紫貂，收获的却是叹息。

不是不喜欢这美丽的精灵，也不是不吝惜这皮毛的珍贵，确实是根底太浅，没有专门的学识和精深的研究，怎能养活这长白山里的珍奇动物？

你从特产学院毕业后，不仅仅是揣着一张大学毕业文凭，你带着对故土的怀恋，带着一身的学问和满心的欣喜，又回到了自己的家乡。猎人村成立了专业的养鹿户，你却醉心于紫貂的喂养。

一圈一圈胆小如鼠的小貂，喂养成一圈一圈活泼精灵的珍宝。

老猎人逢人便夸海口——猎人的子孙胜于先人，把一只只山里的飞禽走兽喂养在一个个铁丝栏内，把一个偌大的长白山搬进了自己的家园。

"紫貂闺女"心里美，远方的客人也来学习取经。一群一群紫貂和国际有了往来。"紫貂闺女"名声飞山外。

原 始 林

一辆浅蓝色的汽车把我们载上高高的盘山路。

路有多少弯，水就有多深，山就有多高。

到了山顶还要上山。

山上不能跑汽车了，安步当车。

攀啊攀，吃得辛苦，不怕流汗，我们终于来到了原始森林。

一切如此纯净，一切如此柔情。

啊，原始林子，全是古老的红松，四人合抱不住，一眼望不到树冠。

我数着老树，数了又数，抱了又抱，我回到了童年世界，在这里心儿得到净化，人也得到升华。啊，原始林，能保存多少年，我不懂。

老场长说，这片林子还得伐下，我们一边伐木，我们一边育林。

古老而年轻的林子，青山不老，绿海翻银。

春 夜

春天来到了林场，北方的春天似乎来得迟了些。当你感觉到春之将至，夏日已经悄悄来临。春是在伐木人心里的，比较起来，他们更喜欢隆冬，大雪盖住了山头，正是伐木的黄金季节，顶着雪花干，迎着北风吼，伐木人心里的春天是隆冬。

伐木人已经忙完了一个黄金季节——隆冬，该是下山探亲的日子了。春夜，爱情的种子在萌发，有的姑娘找上山来了。到夜里，约会的密谈，甜蜜的语言，他们生怕吵醒了这沉静的山林。

春夜啊，使你更加爱恋这美丽雄浑的长白山。

走出林莽·回到林莽

走出木刻楞，走出林莽。

十几年前，我们在山中伐木。

走出课堂，走出京城。

我又回到大山，我又在大山怀抱里安家，大山给我一片温馨。

我还挂着那盏油灯，那是我起步的油灯，在雪亮的日光灯下，它也有光芒隐隐出现。

油灯照亮的书页，总在翻卷着，伴我来到北京，伴我走上礼堂。大学的答辩，也有油灯的光芒，它照着我，给我清醒的头脑，我已经完成了大学这段学业，油灯的光亮又陪我走回到林莽……

采 风 者

你乘着春风，来到了山中。

你饱含一腔赤诚，啊，你是一个采风者，你也是一位热情的歌手。

你在山村留居，听老人们讲述山里的传说，你也和人们一起劳动。在山场，在参棚，在药厂，在开阔地里，你踏着劳动者的足迹，在现实中，你感受到劳动者的甘甜愁苦，一首首民歌在说笑间唱出，一篇篇故事在劳动中记录。

啊，采风者，你像蜜蜂采撷花粉，你吸取山间劳动者的甘露，问林涛，问山溪。那老人吹奏着狂欢的唢呐，你在记录着曲调；中年的猎人拉奏起琴弦，自拉自唱。民歌一曲曲，对歌一首首，奔放豪迈，自然流畅，这些都是劳动者热情执着的心声。

采风者像春天的燕子，辛勤而活跃地活动于山涧水畔和深山密林。

林涛呀，掀起欢乐的歌潮，

山风呀，荡起奔放而激情的回音。

护　路　者

当夕阳的余晖照着山间运材的公路上，路边木刻楞前迎来了一队检查护路的人员。是的，要说这一段的线路好，那应归功于护路的老爷爷和老丫姐。

爷孙俩真是以路为家了，老丫姐和爷爷成天活动在路段，不是疏通路边的排水沟，就是加沙、固道，不断地清除障碍杂物。

那一天，大路上横着两截倒木，老丫姐从路边闪电般地跳上大路，挥动着小旗，截住了运材拖拉机，她严肃又认真地说："703 运材组同志们，请你们停车……"她耐心说服，从不用罚款来解决问题。703 机组的同志们立即将木头搬运到车上，还赔礼致歉。

有谁不知道，这山间运材的公路，有爷孙护路者。老场长说，有关单位送来了奖状和物质奖励。我也曾到路边的木刻楞看望68岁的老爷爷和21岁的老丫姐，我还久久凝望着那灼亮的奖旗。

长白杜鹃

我的朋友是个摄影家，他曾以摄影佳作《秋》在世界影展中得到了金牌奖。

朋友的《秋》摄自长白山，不仅绚丽多彩，而且人物颇有生气。

他那年从山上归来，兴致勃勃地带给我一盆杜鹃，并说："你养着吧，放置案头，也许能令你不忘记长白山，激发你的诗情诗兴！"

这盆从长白山带回来的杜鹃，起初给了我许多遐想。我曾经多次到过山上，也最爱这高山的杜鹃，它是顶着冰雪开花的杜鹃啊。

过了些日子，杜鹃却耷拉着头，好像很不高兴的样子，我们全家立在案边：

"是我们没有及时浇水吗？"

"不是的！"

"是因为没有上肥吗？"

"各种各样的肥，堆得满满的啊！"

我朋友家的杜鹃也宣告了不祥的消息。我想，长白杜鹃是离不开它的故乡的，它留恋着自己的山、自己的故土啊。长白杜鹃，我们只好每年到山里来观赏你的丰姿了。

小屋的记忆

大屋小屋，我不会忘记林中的小屋。

林中的小屋，是用一截一截的原木搭成的，屋顶上铺着白桦树皮。

林中的小屋，住过狩猎的老人，也住过抗联的老交通，如今住的是守林老爷爷。

当夜的星在林中闪耀，当白日的阳光在林中织出金红的霞光，当老林里阴雨的日子，当暴风雪袭击着这林海，守林的老爷爷在林中巡逻，他熟悉每一棵古老的红松，他爱护每一棵林中的小树，他检查每一个进山者，他也慷慨热情地接待每一个山外来人。山榆老师说，小屋的主人是林中的亮星，小屋是莽莽林海明亮的眼睛……

大屋小屋，我永远想念这林中的小屋。我曾在林中小屋度过一个愉快而有趣的夜晚。临别，我还把小屋和小屋的主人画在速写本上，小屋永远留在我记忆之中。

开 阔 地

我们森林新城的街边有许多新盖的房子，一排一排，整整齐齐，新盖的房子鳞次栉比。这里有我们伐木人的家属大院，一栋一栋的，有纸浆厂，有文化馆，还有集材拖拉机修配厂……一排一排的房子后面是大片大片的开阔地，那是腐殖土，黑油油的。开阔地上还有许多树桩，那是前几年伐木叔叔伐过的原始林带，这些树桩记录着这座新城的历史，是原始林子留下的印迹。

在开阔地上，又栽了许多小树，有落叶松，有樟子松，有北京杨……还有留下的高高的美人松。老场长说，过些年后，开阔地上又将是大树成林，绿荫覆盖，一直延伸到大片大片的原始林去。

啊，从新城向外看，那是一片一片黑油油、绿郁郁的开阔地。

楞场唱晚

林中的阵雨过后，楞场湿漉漉的了。

不一会儿，风把山间的云彩吹散了，夕阳映照在金光四射的绿叶上，山林好像刚刚洗完澡，空气多清爽，楞垛在长高。绞盘机唱得欢，把条条原木吊起来，一根根，一堆堆，直往楞垛上摞，看，楞垛在长高。

又下雨了，只见金色的阳光里扯着雨丝丝，五光十色的彩霞挂在林中空地，好像金丝网，把楞垛罩得更好看。看，楞垛在长高，绞盘机在欢唱！

不一会儿，夕阳西沉，楞垛要睡了，它会甜美地梦见：楞垛变成一座高山……

老　榆　树

林场里有棵老榆树，这棵老榆树比谁年龄都大，比谁个头都高。

老场长是场子里年纪最大、个子最高的人。可是他却说：

"要说年纪大，还是老榆树，要讲个头高，也得数着老榆树。"

老榆树高高地站立在林场场部院子的中央，它好像很自豪，要说它是林子里的见证吧，这可一点也不夸张。

那年开山场，老场长还是个30多岁的队长，他提议把这棵老榆树留下，所有的伐木人都赞同。

留下了老榆树，留下了林场的见证。老场长说：

"我开集材拖拉机，曾得到老榆树的保护，隆冬大雪天，拉满了原木，几乎摔下陡坡去，老榆树挡了驾，老榆树帮了我们的忙！"

老榆树旁曾经搭起过帐篷，当年的筑路队，扎营在这里。一条森林小火车路，就从这儿经过。老榆树啊，你亲眼见过，你也分享了筑路工人的快乐。小火车轰隆隆从你身边过，你是多么兴奋，激动得心儿不能平静。

如今，你身旁是闹山沟林场的场部，每天都有许多伐木人在你身边集会，他们学习、歌唱，伐木人向你欢声笑语，把你尊敬，你怎么不高兴？

啊，老榆树，你是林场里的见证。

鱼　鳞　松

南方有凤尾竹，北方山区有鱼鳞松。

鱼鳞松啊，你那鳞甲形状的树皮，使得我想起爷爷的皮肤来。

你笑傲霜雪，你伟岸青秀，在北风和茫茫飞雪的冬季，更显出你雄壮的力量。

我们新开的山场有一片片鱼鳞松，老场长心情舒畅又十分难以割舍，他对着片片高大的鱼鳞松说，真是好建材，真是优质林。苗圃的老爷爷看出老场长的心情，就发动职工和家属栽树，前面一边砍伐，后面加紧栽种。

栽种的也是一棵棵小小的鱼鳞松苗。

啊，让原始林子迅速更新，让北方林区青山常绿。

鱼鳞松啊，你伟岸挺拔，四季碧绿，你那黄褐色淡紫色的花卉啊，迎着我们欢笑。我们小伐木人也参加栽种，我们也像小鱼鳞松一样沐着朝露，迎着风雪在祖国北方山区快快地成长，苗壮地成长！

她——

翻过一座矿山，走过半个平原，矿山上取奶的人们远远看见了——

她，骑着一辆三轮匆匆赶来；

她，身着洁白的衣衫，头戴一顶白色的宽边布帽。

她，满眼闪着深情，每天清晨六点整，一定在这个奶站出现。

老人们蹒跚而来，中年汉子急急步行，年轻人吹着口哨，孩子们蹦跳着，走向送奶人。

"你好！"

人们默默地在心里向她问早。

20 年如一日，她从 19 岁开始送奶，现在已是两个孩子的母亲。

她——

每天清晨，无论是丽日蓝天，还是风雨闪电，每天清晨，她给矿山的人们送来：一片奶香，一片深情。

山间去来

曾记得这里是山间崖石的峡谷，还记起在这儿拍下一组难忘的照片。

十几年前插队落户的村落，我怎能不日夜怀想？

老书记领我们来这里观光，一座水库如一面明镜从天空铺落在山崖云海。

我们在水库餐厅午餐，啊，这里接待的是来自四面八方的旅游者。

怪不得老人昨夜不提这里的山水，原来是留我们到这旅游点来度一个美好的周日。

山间的公路盘旋而来，深山的峡谷里已改变了旧日的模样。当我们拾起往日的记忆，咔嚓！咔嚓！又一组新的片子摄进了记者的镜头。

雾　中

这蒙蒙的雾，似轻烟笼着这江畔。

蒙蒙的早雾，如姑娘的面纱，遮盖着这盘山公路。年轻的司机啊，你有穿云破雾的胆子，汽车开得平稳，穿云似飞箭。汽车在早雾中出了桦甸县城，很快就进入了山的峡谷，我们在云雾中飞行。

雾啊，这朦胧似姑娘的轻纱的雾，隔断了视线，我清醒地进入了沉思，可还是如在梦中。我们年轻的司机啊，他有穿云破雾的神眼。

雾啊，把大山装点得更神奇，使它成为更富有现实而幻想的如烟如画的境地。

破雾的车，穿云的箭，我们终于迎来了大山的阳光，终于到达了这山顶的城——白山湖畔——光源的城。

还记得……
——记一个矿工劳模

还记得爷爷背你上矿山吗？

你被驮在爷爷背上，这背好似一座矿山，这背又是你的摇篮。

还记得你在矿山小学读书吗？一脸的煤屑，像化了妆的小花脸，你背着崭新的书包，奔跑在矿山的路上，引得人们一阵又一阵欢笑。

还记得你第一天戴上矿工帽，背上矿灯吗？在八百米地心，你茫然不知所措，是老矿长教你第一次把好风钻……

如今，你也是一个矿长了，你已经学会沉默，你已经有了多年的矿山工作的经历。

但你还是一个矿工，总和矿工弟兄们在一起滚爬。当你接受北京全国五一劳模纪念章的时候，中央领导同志问你：你这个矿长还想干什么？

你说：我们家已经是几代矿工了，我就愿做一个矿工，矿山就是我的家。

啊，大坝

啊，大坝巍峨，大坝屹立在两山夹峙的峡谷，啊，大坝峻立在白山湖上。

大坝如此坚强，那代表了千万工人的意志啊。

当混凝土工人筑坝时，他们把坚强的意志和深沉无畏的精神筑进了坝体；

当设计者们日夜繁忙时，他们把自己辛勤的汗滴和美好的意愿留在这里；

当勘测者踏查这里的时候，他们把前人的足迹和自己的脚印也留在了这大坝的基地；

当吊车工人吊起一件件钢筋和大的石块时，他们把自己豪爽的性格也加入了坝体里。

啊，大坝巍峨，雄伟壮丽，挡住了松花江的洪流，也积蓄了满湖的春水。

我站在山顶的城上放歌，心中激起万丈波澜，啊，山顶的城，光源之城啊，大坝是这光源之城的一座丰碑。

山前的小屋

山前的小屋，清晨沐浴在灿烂的霞光里，屋前有一排排青杨像哨兵，威武雄壮，招人喜爱；

山前的小屋，晴日披金红，雨天蒙蒙，笼罩在漫漫的雾霭之中。

小屋的主人呢？都走了，这儿有一段回忆，有朦胧欢乐的，也有痛苦的。辛勤的汗水，曾洒在山前山后乌黑流油的土地上，青春的脚步叠印在山上山下的坡地和田原，那两个拥有银铃般嗓子的女子呢？曾有歌声在果园、在稻田飘荡。

只有老书记还会念叨着，小屋的主人都飞了，他们一个个去闯自己的路了，祖国母亲给了他们飞翔的广阔天地啊。小屋是青年们的梦床，他们怎能忘记曾有一段乡野的灿烂的时光……

开火车的女子

火车在山林中奔驰。

森林火车把原始林子里的古老红松运出，开火车的女子是长白山的女儿。

火车又运进来树的幼苗，一个远古的山林在火车笛叫声中与林涛唱出春天的交响曲。开火车的女子是一个画家，把年轻的山林描绘，又把古老的林子歌唱。

开火车的女子是伐木人的后代。

火车哐啷哐啷地唱出她的胸怀：青山不老！青山长绿！

执着的爱

那一天，山林暴发了洪水，洪水像猛兽，撕裂着山石，震撼着古老的红松原始林。

你，怀揣着这大山踏查的图纸；你，将地质队员们用心血和汗水获取的资料和数据，在与山洪搏斗中，以青春和生命，奋不顾身，终于保存下该保存的；而你，却离开了我们。

是你年轻的生命，使得暴雨后的彩虹更加绚丽，山林更加清秀。

你，熟睡在山林里，我们在你的坟前向大山宣布：我们以执着的爱，像你一样，保护大山，建设大山；我们自己也要像你一样，自己就是一棵大树，顶天立地在长白山中。

山　歌

在原始森林新筑的山路上，听到伐木人的劳动号子。啊，振奋着心灵的号子，是响彻云天的山歌。

坐在森林小火车上，听到轰轰突突的车轮碰击着铁轨，小火车唱着隆隆的歌，歌声在茫茫林海里震颤回响。啊，那是开发山区动听的山歌。

我在森林新城的晚会上，听到老局长和年轻的工人重唱，一老一少，歌声冲出礼堂，歌声唤起听众激情的共鸣。啊，那是动情的来自劳动生活的歌，这支深情的歌，激起人们热烈的掌声，歌名就叫《山歌》。

无论你走在哪条沟壑、哪座山谷、哪个林场、哪个楞垛，处处都可以听到深沉辽阔的赞歌。啊，长白山里的歌声是劳动者战斗的激情的山歌。

猎　枪

他要走了。

山村的人们送他到村口。

村口，一条大江，滚滚激流。

老人回首，全村人站了一排又一排，有人流泪，有人挥手。飞鸟落在村口的老树枝头。

还有什么留恋？

他舍不得住过的石屋。

还有，老人紧紧握住手中的猎枪，那是当年老哥哥赠给他的礼物。老人在心中默念：

你今安然睡在石屋近旁的山坡，我要走了，每年春草萌发，我要来祭奠你，我的老哥哥，九泉含笑，不要牵挂！

石屋的老人走了。全村人送他到村口，江水激荡着，江流中浪花朵朵。

石　屋

他从石屋走出来，已经过了 19 年岁月。原来标直的身材，如今已背驼腰弯。

山区的老书记来送他，他哑然无声。

老人挟着几卷文稿，心满意足，他恨恨地哼着：时光老人还记着我，我还没待够啊！三年过去了，他又来到这座山林的石屋，三本新出的书籍，还说什么，石屋造就了他的创作，也锤炼了老人的心性。

他，在石屋前徘徊，

想重新住进石屋，不！

石屋已经上了沉重的铁锁……

他，没有童年的梦！

他，没有童年的梦。

他孙子，有金色的童年。

……还记得，三个娃娃，三个小山东：一个二丑，一个光腚，一个他自己——石头。

三个孩子跟大人闯关东，进老林，一晃儿，过了60个年轮，他，成了老木帮。

他孙子，又伐木，又上学，林学院毕业又进这深山林。

老木帮，看着孙子，孙子的名字也新鲜——青青。

老人家，眼睛深深，思念深深。

山，还是这老白山；人，还是这山里人。

年轻的木帮主宰着——古老而年轻的深山老林。

山，青山不老；人，壮美年轻！

窗 花

爆竹声声。山林中家家贴上大红的喜联。

老木帮的家窗花儿耀眼红。

火红的窗花扑棱着人心。

老木帮在思念他的老伴儿，她已经去世久远。

她，窗花儿剪得鲜活，剪出一个火红世界，可她年轻时却在一间"迎春院"卖身……

如今，儿孙们，过年喜气冲天，歌声笑声，摸牌嬉闹声……

年轻人他们不知道，老奶奶在山林里熟睡，她骄傲，因为她是这原始森林中的第一个女人！

象 征

像别墅，似仙宫，从人工造雨的飞机上鸟瞰，这些房子很像一丛一丛的蘑菇，又恰似一畦一畦的菜花开满山间绿林。

到了夜晚，万家灯火，点缀着山间，似串串珠宝，发光放彩。看森林城的兴旺，这些房子就是象征。

森林城的魅力和色彩，也是这些诗意般的房子。

我爱……

我爱在新开的林场逗留，这儿有老场长的足印，我沿着他的足迹，去新的林场开采点劳动。那火灼灼的旗帜，在古老的原始的林子里飘动，引起了长白山鸟族的惊异，百鸟啁啾着，它们是发现了新的开采者的喧嚣，或是听到了新的森林变奏曲的乐音而在自鸣得意吗？

啊，我爱在森林小火车上遐想，我们的前方，又是新的开采点，又是一个个新的林场，森林小火车永远向着深山古林，永远向着红松的古老的故乡。

啊，我爱在森林新城漫步，我看见年老的、年轻的伐木人在长街走过，他们审视着这新城的风貌，对新的生活充满着自豪的热情。

啊，我爱在长白山巅的天池岸边，摄下一张张来自祖国四面八方的来访者，编织一首新的歌曲。

啊，我爱……

迷　漫

要是在七月间的晴日多好，那是登临这座伟岸多姿的长白山顶峰观天池极好的季节。

你知道吗？江南炎热难当，而北方山区却凉爽宜人。可是，现在不行，风雪交加，山上早着上了厚厚的洁净的白衫了，就是这银白世界更吸引着他。

他那么一把子年纪了，还要和风雪斗劲儿！

他——一位难得的生物学家，在山林里滚打了几十年，他从前是在南方的山区研究野生动植物，跨过知天命的年轮，他却应这个北方山区自然保护区里一个所长的邀请，进入这个严寒而特色更浓的山区。当然，所长是他年轻求学时的同班同学，据说，在大学里他俩同时爱上了一个生物系教授的女儿，她也是他们的同学，可是这位姑娘朝秦暮楚，今天爱这个，明天又和那位……到后来，她谁也不爱，跑到国外去了。

他走在这条风雪弥漫的山路上，说是路，是因为年年夏天他们在这山路上走过；现在，这儿白茫茫的，哪有路？

三个月前，先遣的人员就运进了粮食和燃料以及生活用品，还有许多测试的器具。

他走得倒是蛮有兴致。要照这样走法，探索前去，他和他的助手们得用多长时间才能赶到大山深处的目的地？

"人生七十古来稀"，这里的所长老是有点儿保守，但在事业上他却又有一股闯劲儿。

他对所长——老同学说——什么"七十古来稀"，现在是"五十为少年"。69 岁的他硬充青年。他是这么说的，脑子里就这么理会，行动上也确实有些利索，精神头儿十足。

在这个北方山区的自然保护区，他搭起了一个新的研究班子，他不让老所长破坏他的浓厚的兴致，当然，在科学研究领域，不是什么兴致不兴致的事，那是严肃的研究项目、研究课题。他们决不"猫冬"。

老所长犟不过他，助手们说不服他；其实，大家心里也明白，按他的想法和计划去试探一下，那是最好不过呀！

他艰难地走在风雪迷漫之中，在他的前面和后面都有好多眼睛、好多脚步，当然，老教授自己心里也有一块明镜……

北方山色

北方的长鼓
——写给朝鲜族舞蹈家李录顺

你敲起腰间的长鼓，啊，那是北方红彤彤的长鼓啊，咚咚地敲响，载歌载舞唱起了丰收的歌——

田野上，一片金黄，水稻成熟了，稻浪就是你金黄的飘带。

你的翩翩舞姿，给人神采，给人健康，给人力量。

啊，你旋舞，你敲响长鼓，这是唱给丰收的人们的赞歌——

果园里，又圆又大的苹果梨笑在枝头，姑娘们来收摘硕果，那红得像姑娘们笑脸的苹果梨啊，多么红润，多么艳美，多么令人神往！

北方的长鼓，咚咚地敲响，你的舞姿激人奋进，启迪着人们，这是能歌善舞的民族，这是一个勤劳的勇敢而坚强的民族啊！

脚踏着延边大地，头顶着碧澄澄的蓝天，长白山下，海兰江畔，啊，北方的长鼓咚咚敲响，那是朝鲜人的自豪和骄傲……

北方的玫瑰

北方山区的玫瑰，啊，还有北方平原的玫瑰，那是多么质朴多么火爆的玫瑰。

玫瑰的花朵，又艳又红，还有纯白色的，又俏丽又妩媚，可它们的枝条上却立着凌厉的箭刺。花瓣有单瓣的、双瓣的、多瓣的，开得那么潇洒、那么舒展、那么乖巧，又那么秀美。

当你走向山区，当你漫步平原，无论在路旁，或者河畔，到处都能看到那火红的花朵，还可看到白得似雪堆的花朵，那就是北方的玫瑰。

点燃了北方重重的山峦，铺展开雪花似的银白花簇。啊，北方的玫瑰，你给人们带来炽热的激情，装点着人们的生活，书写着人民自强不息的精神。啊，北方的玫瑰，是北方人民心灵纯美的象征，是北方人民充满着蓬勃生机的精神。

啊，我喜爱北方浓郁清香的带刺的玫瑰。

北方的雪

雪，北方的雪，厚实而更多情；
北方的雪啊，细白悠长而更喜狂风；
如果北方没有这么多的雪，那还有什么严寒可言！
严寒。隆冬。多雪。冰冻。这才显出北方的威严：多雪，才使北方壮观放彩；多雪，才是北方大地的自豪和骄傲。

雪，北方的雪，厚实而更多情；

北方的雪啊，漫天飞舞而更喜狂风！

雪是春天的摇篮，如果没有雪，怎能衬托出残雪后的麦苗那么鲜活，绿意充盈！

啊，北方的青麻

秋天，庄稼拉进了场院。

我看见了沼泽、湖泊和水泡子里浸着青麻。青麻的身上压着一块块大石头，浸泡到一定的时候，就剥下来，青麻秆儿晒干了是很好的燃料，还可以编织起来围宅边的院子；青麻还可以做绳套、纳鞋底，庄稼院里可派各种用场。

青麻是种在大田作物地头地脑的，老农们撒下一把把麻种，长起来像一爿爿的墙，又似绿色的长城，默默地护卫着各种农作物。

青麻种在庄稼地的边沿，抵挡着风沙，防止懒人们抄近道，踏坏了庄稼地，又防止牲畜到地里祸害庄稼。

啊，北方的青麻，有谁能记得起你啊？可是，在现实的生活中，你却默默地用自己高大的身躯迎着风沙，挡住行人和牲畜对庄稼的侵犯。

青麻啊，没有辜负北方农民对你的期望，你们在夏秋的日子里吟诵着一首美好的丰收的歌。

啊，北方的青麻，我歌唱北方的平原和山庄，同时也为你呈现一支心中的短歌！

北国的梦

哦，曾记否？

我看见你，江南的姑娘，秀美眸子饱含着北国的深情。

不是少女多情，是想在北国扎下深深的根子。

你们在南方受完了中等教育，就志愿报考北国的高等学校，什么北方多雪、严寒、冻掉鼻子……你们不怕，你们北上了，把江南的情意带往北方。

从 50 年代到 60 年代……一批又一批江南少女走向北国的高等学府。

如今，北方的少女中，有许多是江南母亲所生。

哦，在北方张开奋飞的翅膀，我们的祖国给了江南女性美好的理想。

刺　玫

北方山区的刺玫，花团锦簇，处处丛生。刺玫啊，野生野长，顽强旺盛的生命力，证明一个信条：扎根于山乡的土地，热恋着北方的山色风光，对土地爱得炽烈，就生活得畅达而舒展。

尽管人们不愿更多地走向你，不敢伸手去触摸你，可还是痴情地欢迎你，你还是开着鲜艳的花，你还是结出累累的果，你对北方的人民倾心地贡献出自身的果实。

啊，刺玫，你开着鲜亮的小小的花朵，为北方山光水色平添矫健的充满生机的色彩。

北方山区的刺玫啊，你给我们展开了妩媚的微笑，更增加我们对北方山区的挚情和自豪！

湖　水

大山中蓝幽幽的湖水，当春天来到北方山区的时候，就在山风吹拂下掀起层层波纹。啊，蓝幽幽的湖水，像做了一个漫长的冬梦，一醒过来，就一刻也不能平静，湖水好像荡着深情的眼波，湖水又似泛着浅浅酒窝的笑脸。

大山中的湖水啊，你要告诉我们什么？

在冬季，湖面上盖着茫茫白雪，湖水凝结了，这时候，北方的春天已融进伐木人的劳动号子声中。冬季的山峦和湖泊更显得壮阔而肃穆，湖水进入甜甜的梦乡了，大山更雄壮，湖水更稳重，大山在风雪中巍巍站立，湖水在大山中更深沉……

啊，大山中蓝幽幽的湖水哟，你告诉我们，长白山的冬季最迷人，而春天在北方人们的心里萌动着诗的交响曲，春天来临时，山中的湖水如梦初醒，一层波纹，一片激情。

北方山中蓝幽幽的湖水，你使我想起母亲的眼睛，你又令我忆起童年的纯真。

弯　月

月亮有圆有缺，我喜欢弯月挂在中天。

弯月是一把新镰，爷爷为啥不把它摘下来去割那金黄的麦子呢？

弯月是一把银梳，它在梳理江畔的垂柳；姐姐总好用紫色的木梳，为啥不用弯月这把银梳来梳长长的辫子呢？

弯月是妈妈的眉眼，它总是对着我们微笑。

秋　霜

深秋，早上起来有霜了。

秋霜重重，遮盖了北方的原野和山峦，那高高的长白山上已飘着飞雪，大雪茫茫，堆满了山冈。

收割庄稼了。那大豆割倒了，堆成了堆，高粱码成了垛，谷子架起了墙，还有那水稻田，虽然是干地了，金黄的稻子沉甸甸的，也撂倒在田野里，像一座一座小山包。秋霜重重，白刷刷地遮盖了北方的原野和山地。

下霜了啊，这北方的无霜期最短，可我们的庄稼却成长得壮实；虽只是一年一季庄稼，却夺得了一年一度的大丰收。

经过了秋霜，秋菜要收藏，白菜更甜，甜菜要送到收购站去了，我们的糖厂要更繁忙了。

我看见萝卜、土豆、白菜都在抢收了，北方的平原或者山村，农家院里排出了一口口酱缸,外屋地里也放好了一口口大缸,那是腌酸菜的大缸。

啊，秋霜重重，给北方增添了深秋辽阔的景色，也预告了严冬就要到来。

我赞美北方的秋霜，我歌唱北方的丰收！

雪　原

我走向你，像孩子扑向慈祥的老祖母。

啊，雪原，久违了，你可曾忆起饥馑的年月，许多灾民冻卧在你的胸怀，从此，再也没有爬起来。

雪原上阵阵马蹄，声声叩打着大地，解放了的土地上，风雪由尖锐刺骨，变得温柔恬静，风雪迎来了盎然挺峻的春日。

我在雪原上写下了两个字：丰饶。

雪原是丰饶的，她有风雪迷蒙，也有霞光万里的春光！

山　泉

山泉啊，透明清澈。

山泉是一面镜子，照着这碧绿的叠翠的北方山峦和头上的蔚蓝的天空，咿！山泉淙淙。

山泉鸣唱着春天的歌，向着山涧飞流直泻；山泉载着歌声，一路飞奔，一路歌唱。

山泉不知疲倦地飞出长白山，欢奔跳跃，一路畅游，奔入图们江，流入大海，加入大海的交响，山泉赞美着北方山色的妩媚和壮丽。

啊，山泉，我捧起你，照亮我的双目，滋润我的心田，洗掉我的尘土，啊，我歌唱你——北方的山泉。

问　桃　林

这桃林在彩霞中被染得殷红,太阳羞红了脸,喜看桃满枝头。

桃林中有一小屋，白桦树皮盖顶，蒿草扎棚，小屋在果园中央。主人有猎枪挂在墙上，还有一座老式挂钟和几张奖状，还有一张地图，可主人哪里去了？

问桃林。

只有一条小路通向高高林莽，又折下山腰停在静静的图们江岸。老人在江边垂钓，神情专注在江湾水面。

桃子年年丰收，山间的公路很快要延伸到桃林。是将桃儿运往自治州首府，还是要将桃儿运到省城、北京？

问桃林。

桃子红红的脸上闪着灿烂的光，是点头？是答应？……

帐　篷

这山坡上搭起了几座帐篷。

每当黑夜到来，山坡上就有点点灯光，在静寂的山林间，似有流萤闪着眼睛。

帐篷里传出笑声和歌声，也有热烈的争吵和优美的琴声在向山野播送。

我也在帐篷中住过一宿，留给我的记忆清新而富有情趣。

啊，每当我乘坐山间的汽车在山路上飞驰，我总要向四外张望寻觅，看看哪座山上能有帐篷。帐篷给山野带来了生活的喧嚣，一条山间公路又伸向大山深处，帐篷的主人在山间勘测、踏查。帐篷像一朵朵长白杜鹃，开在山间崖畔，开在山里人的欢声笑语之中。

采 蕨 菜

四月，是北方山区的初春。

那些顶着冰凌开放的杜鹃啊，早开了浅蓝的、淡黄的、乳白的花朵，迎来了灿烂的春光。

四月，朝鲜族少女开始上山采摘蕨菜了，蕨菜还未长叶子，那是刚刚冒出地面的一条条芽子，鲜嫩而翠绿。姑娘们眼睛尖，手又快，一采一背筐，一采一背筐，她们顶着一筐筐山珍，在一个地段集中，这儿的蕨菜成了一座座小山。

四月，在北方的山区，蕨菜是一项可观的出口物资。

四月，成群的姑娘跳着唱着采蕨菜，她们还开展劳动竞赛。上山，顶着朝雾，沐着霞光；下山，披着星月，踏着歌声。

美 人 松

九月，北方的山上已下雪了，团团的雪花飘飘洒洒，旋舞在山间峡谷，使彩色缤纷的山峦一下子从五花山进入了冬季。

九月，长白山上的美人松还在夏天的梦境里，还在秋的怀抱里，北风吹来，似醒来；美人松树干更显得坦荡干练，肌肤更富有迷人的色泽。

啊，大自然有神奇的变化，可长白山上的美人松却岿然不动，默默地经受着风雪的洗礼，更显得秀丽健美、英姿勃发！

进入冬季采伐期的伐木人最爱歌唱的是美人松。啊，美人松装点着长白山，使古老的原始林变得年轻，给这长白山麓更添几分秀美和豪情……

瀑

远远地看见了，那飞瀑如同一条银练，在高高的山崖，抖起跌落。

经过了很长一段时间的跋涉和攀登，老教授领着学生们来到了飞瀑旁，他把相机从背包里取出来，两眼放出炯炯的光. 要给学生们拍照了。

平时，看他走路好像有些艰难，他确实年事已高，但每每登山爬坡，他并不感到太吃力，上 70 的人了，身子骨还蛮好哩！姑娘们蹦蹦跳跳，上一座山总要歇几阵子，快倒是快，但一歇也费去一些时间，可他呢——咱们的系主任，一个劲儿上，一步一步，扎扎实实地攀到山巅上。大家到了，齐了。老师哪儿去了？那个高个儿的石宝儿一直跟随着老教授，大家搜寻着，打探着：

"石宝儿呢，老师哪儿去了？"

一回头，他就在年轻人的身边。

就从这登山的劲儿上，我们都受到了鼓舞。

到了飞瀑下，他显得多么活跃，步子不但快，且动作干净灵巧，照相很爽利。这时候的老教授，简直和青年们差不多少，好像他也回到了青年时代。

"来！来！你们都选好位置，飞瀑流泉，正好做背景，镜头蛮好！"

学生们要给老师照，他拒绝了。他说他经年在野外，瀑布在心里搁着哩，耳旁常有飞瀑如鼓如诉的音响。

在飞瀑前能看见太阳照出的彩虹，能照见人影的梦幻般童话的世界，学生们雀跃欢腾，老师也为之心醉了。

就着飞瀑欢声的伴奏，这一群在长白山上考察野生植物的生物系师生，他们在尽情地欢娱之后，正在野餐。那疲劳已消遁，飞瀑注入身心的生机盎然的精神，叫人的神情都为之振奋。

飞瀑啊，你这如鼓如诉的歌声，愿你永留在登山者的胸怀！

甜菜丰收

北方十月，已在下第一场雪了，那雪花儿纷纷扬扬。那摞倒庄稼的大田里，秸棵堆起来，像排排油画的底色。秋啊，北方的秋色，显得壮阔而秀美。

这时候，该收甜菜了。青青的碧绿的甜菜叶子还伏在地里，雪花儿还没来得及把它们打黄压垮，它们显得很有色泽、很有生气。

顶着雪花，啊，我们来收挖甜菜，翻开黑土，捡拾那鼓得饱满的胖胖的果实，啊，喜获甜菜丰收。

甜菜送到收购站去，车马人流，穿梭不断，那运送甜菜到制糖厂去的车龙啊，嘟嘟嗒嗒，组成了一支金秋的甜菜丰收曲！

北方十月的秋天，除了收割那著名的高粱、谷子、玉米、大豆，还有水稻，更有那甜菜也获得好收成。啊，唱一支甜菜丰收歌吧，歌儿献给北方的十月金秋。

不老的老沟

北极的金沟山，啊，一个不老的老沟，一座盛产黄金的金山，百年千年而不衰。

多少年来，人们来此开采，封建王朝的统治者慈禧，私吞这里的黄金，臭不可闻地名之曰胭脂开销；日伪统治者，又在此大量挖掘，金子被抢走。不老的老沟啊，屈辱而不改民族尊严。

黄金的故乡呀，不老的老沟。

今日里，阳光灿灿照边关，老沟更显得勃勃有生气。是呀，你从来就是不老的呵！——

我们来到你的身旁，在采金船边，摄下难忘的镜头。

我们在你的身边，写下诗篇，献给采金的英雄，也唱给远方的朋友。

啊，不老的老沟，黄金的故乡……

老人的酒葫芦

你的猎枪横藏在墙上，酒葫芦却挂在腰间。

你的七十大寿的祝酒，祖国各地的旅游者纷至沓来。

老人的马头琴奏着草原的日出，又拉响起昔日驼队在沙漠上跋涉的艰辛。

老人的记忆像一匹飞奔的骏马，跨越半个世纪又奔驰在新的牧场，酒葫芦里盛满了草原的风云，也翻涌着今日的欢腾。

你的马头琴奏出征战的号角，草原的健儿们迎着风雨的黎明。

你的酒葫芦是一曲春的交响诗，叙写着草原的画卷，让人们去读懂它，它才有魅力吸引着草原上人们的向往和追求。

噫，你的酒葫芦装着一个剽悍的民族。

地窨子遗址

四山的风，打着旋儿，在这儿转移，这是一个向阳坡地。左面有柞树密林；右边有断崖遮住阴面的阵风；南路是峭拔的白桦林群体，似雕塑的画幕立起一座山的屏障；北坡下有夏日欢唱的河水。在这里修起了地窨子，人杰地灵——我们挖参人栖息的福地。

先人们从关内闯来，寻找北方山上的珍宝——人参娃娃笑迎关东的汉子，长白山里有挖不尽的宝藏。也有这样的时候，一伙儿一伙儿进得了山窝，却出不得山林。挖参人最怕出现这

"干饭盆"……

40 年过去，又 40 年过去。一页一页的历史，写着生生自强，写着奋斗不息，写着久远已经过去，也写着今天伐木者建设的功绩。

往日地窨子的遗址，看不出什么辉煌胜景，可在它的旁边却建起了新的林场和参场，它面前再不是一片荒凉苍茫。

来看地窨的遗址，老人却感慨万端，它教我们流连忘返，更令我们奋起向前！

秋

北方的秋，高傲而清爽。

五花斑斓的山色，染灼了画谱，流韵在画家的笔端。

山，更高远了；色，更奇幽了。

北方的秋色更令人留恋，长白山顶已在飘雪，雪线以下是秋色深浓，雪线以上则有冰冻。

北方的春天交织在夏日一起过渡，秋就显得更有神采。

舞 狮 人

隔着柞树栅栏，我看见这白色的小屋，像雕刻凝立在长白山区。

是山中的雾，更增添诗意的朦胧吧！朋友告诉我，你住在这座小屋，可你曾是一个舞狮人，你的肩上可以立起一座山峰。

舞狮人,你去得太早了。

突然,我们听见了铿锵的锣鼓声震山林,是你的孙子又当上了舞狮者,哦,这山峦更新绿青翠,这鼓点更催人奋进。

舞狮人的后代更有壮美的心怀,红绸舞女烧红了彩霞,锣声阵阵呼唤春风。

万 年 红

啊,万年红,你有着青绿青绿的叶片,你更有艳红艳红的花朵。

万年红,秋霜愈浓,你的花朵就更红更亮,<u>一丛丛</u>,<u>一丛丛</u>,开在城市的街道两旁,像举起一束束火炬;一堆堆,一片片,开在乡野,似一缕缕红霞铺在平原和山川。

万年红啊,在秋风秋霜的日子,你开得坦荡热烈,你执着的热情,你明朗的心怀,是北方人民性格的写照。你是献给金色的丰收的火红喜报,你是北方城市和乡村灿烂霞光的诗行。

北国冬泳场

北国的冬天也有游泳场,这里雪花朵朵,这里欢声雷动。

老年人有青年人的身心健美,青年人却更加成熟,好像他们更懂得生活,他们更要锤炼意志和体魄。

北国的冬天也有游泳场。这是在冰冻的湖面上,一部分人抡起铁器，砸冰的声音，就是一曲春天的交响曲。

更巧的是，有一艘夏日的铁船，有十几个人在湖面冰上晃动，借铁船把冰块摇碎，冰湖面上便露出了冒着漫浸水雾的湖水。

一队队冬泳健儿跃入水中，拼搏划水，顶着风雪，迎来了喧闹和春光盈盈的气象。

古铜色的肌肤，矫健的体魄，给北国的隆冬增添了春色！

没有街灯的小城

这里真有白昼，司令员领我在这儿漫步，他讲起战争的年月，如数家珍。我们从黎明走到傍晚，在江边，走走，停停，一边听着战争故事，一边看航船在黑龙江上畅游。

这里真有白昼，我们走向这小城——祖国最北边的镇子，小城的黑夜里可以下棋，一场夜间篮球赛，不用灯光；要演电影吗，那得等到子夜之后，一场电影没有放映完毕，却迎来了早醒的黎明。

司令员指给我看，那淡红色的晚霞留在西北的天际，没过上三两个钟头，我们的谈意正浓，却迎来了玫瑰色的早霞，晚霞与早霞相连。

我不知道，人们从四面八方赶来，一批批来了又去了，来这里观看白夜，带走的是否是美好的曙色和夜间的黎明？

我不知道，许多外国的朋友为了要看中国的白夜，行程达几万公里，他们行色匆匆，一个个渴求而来，是否满意归去？

我寻到北极村的邮局，在日记本上请邮局的姑娘打上一个"黑龙江漠河"的邮戳，把白夜带在身边，再到祖国别处旅行。

司令员说，我们明年的夏至日再来吧，你得记住：这里是没有街灯的小城！

木兰兮兮

一片荒漠的大地，但见一线清清的沙泉。

泉水若隐若现，变幻斑斓的折光。

骆驼敲打着铜铃，叩醒一轮红日。

长长的旅人之队，人们向着苍茫天际呼唤绿洲。

老人苍劲的手掌，抚着几丛木兰——木兰兮兮，绿意漾漾。

木兰，荒漠欢迎你。

木兰托着春日，荒漠敞开襟怀。

花　街

在北方森林新镇，严冬里有春的花街，花街最诱人。

白雪皑皑，街檐顺溜溜垂挂着长长的冰溜子，有人说，这是严冬里晶莹的花束。站在高处看，白茫茫的街屋，层层叠叠的街灯，似水晶的瑰玉，向远山铺开。

在北方森林新镇，五彩的挑灯，在晶莹的银色世界里，排出两条彩色的河。腊月里，家家的门前挑起五彩的红灯：桃红、浅红、金红、橘红、绛红……红灯似节日的喜联，一串串、一片片挂在冰莹的长街，不怕那狂风的呼喊，花街上一片春光的景象。

　　请到这儿收集艳红美丽的彩灯吧，啊，晶莹跌宕而透明纯洁的北方森林新镇冬日的花街，令人忘返流连……

记忆的油灯

桥

你跨在湍急的江水上，静静地迎着滚滚的激流；

你弓着背脊让车、马、人流欢悦地走向彼岸；

你的理想长出翅膀，你的力量无法估量。

我们从你的身上不只是学习负荷多大重量，我们更主要是从你的身上得到启示，去开拓生活海洋的财富，去做实现理想的栋梁。

铺路的石子

铺路的石子，你一声不响，你肩负着车辆和行人的重载。履带压在你的身上，你觉得自己很光荣。

铺路的石子，前进的步伐嗒嗒有声，你也哼起歌来。

铺路的石子，你从不喧嚷自己有多大贡献，从不承认自己有多大贡献，你只是默默地让前进的人冲向前去，自己却高兴地做着平凡的工作。

啊，学习做铺路的石子吧，把全部的力量贡献给四化建设，让青春放射出灿烂的火花！

最喜欢的

最喜欢的，一定是感人的。孩子们最喜欢的是童话，他们被美妙的仙境所迷恋，童话的意境和想象拨动了他们的心弦。他们从中得到教益，不知不觉中受到启发。

最喜欢的，是纯美的。喜欢雪花，飘飘洒洒，雪花的性格是纯朴而美丽的，可是，怕冷的人，害怕它，一见雪花就骂它。然而雪花照样狂喜地飞舞，孩子们是喜欢雪花的。

有的人喜欢撒谎，可是他们往往自己上当；有的人喜欢吹嘘，而最后却什么也不是。

像孩子们那样喜欢童话和雪花吧，真善美最令人喜爱。

花

我的花留在你的案头，你每夜可以看见。

不，我的花留在你的枕边。

我的花插在你的发上，你伸手可以触摸。

不，我的花开在你的心上。

不是不爱花，花有残谢，我爱的是你的笑容。

歌……
——写在聂耳墓前

《卖报歌》《码头工人歌》《毕业歌》《义勇军进行曲》……

我们来到你的墓前，耳边响着你谱写的歌。

青腾腾的绿树，生命常青的树海，是你墓前墓后的屏风；

鲜美傲艳的花丛簇拥着你的墓身，啊，你躺在祖国的花海之中。

我知道，你正在酝酿构思，一首首新歌即将诞生；

我感受到，你心海里歌声不断，那是对祖国母亲的歌咏，那是对人民永不停歇的礼赞……

演 奏 家

"什么是黑管，是单簧管！"

演奏家一听到黑管，便忆起黑色的岁月。

20年前。老黑管吹奏者不融于红色风暴，临死前，愤愤嘱咐9岁的儿子：永远别吹黑管了。

儿子望着黑管的孔眼，全是父亲的泪眼。

今天，他又成了这乐器的演奏家了。

悲凉里，有父亲的呻吟；

高亢里，有父亲的呐喊。

每按一下孔眼，都是抚慰父亲圆睁的眼睛……

琴 声

我每天早跑总要经过这座楼房。这时，我已跑完了预定的路线和行程，每天 3000 米，这不算太远，一到这座楼房外就慢下来，我深深呼吸，做着整理动作，也就在这时，非常准确，我能听见你的琴声。

琴声，悠扬而单调，深沉又宽厚，你反复拉奏着这几支练习曲，接着是一个小小的奏鸣曲。你是在练音，也是在练意。啊，单调而悠扬的音组，凡是熟悉你琴音的人，都能背下你拉奏的乐曲了，但你的坚定的意志，你的顽强的毅力，足令人踏着你拉奏的音节而增强自信，坚韧不拔地走向前去。

我每天早跑结束都经过这座楼房，我总是踏着你的琴音走在回家的路上，我觉得生活里有激流，有了前进的力量。

啊，几年后，当我在一次音乐会上看到你的成功演出，朋友向我介绍，你是一位年轻而有才华的演奏者时，我想起来了，我们已经相识多年，只是今晚才第一次见面，我曾在你琴声的节奏下在长街上昂首前进。啊，在生活的激流中我们一起坚定地前进！

记忆的油灯

还记得那盏油灯吧——在那红叶竞秀的山下，在那牛群沉默的山村。

油灯发出叹息的光芒，昏昏欲睡，似梦非梦。我在灯下读那本读之不厌的书，读那卷长而又厚的书。

你不是给我写过很多情意绵深的信吗，我展读着，有时兴奋得落泪，有时气闷得发呆，读过信后，我就伏案给你写信；又记日记，又写下一段小草的歌、黄牛的歌……

啊，我还记得那盏油灯！

油灯挂在牛舍的石头墙上，油灯安放在火炕的梁檩上，油灯系在我的身上，也照在你的身边；油灯亮在记忆的窗口，油灯照着我那火热的胸腔。

啊，我那盏和你有着相同记忆的小油灯…

春 之 晨

春雨淅淅沥沥的早晨。

我看见燕子顶着春雨，早早在飞行。

"燕子妈妈真不怕累，她对小燕子真亲啊！"

女儿一边背着英文单词，一边抬头看着迷蒙蒙的天空。

很快，燕子飞去又飞回。

雏燕们在巢中张大了嘴，一滴食，一滴血；一滴食，一缕情。燕子对儿女的爱，感动了我，也深深使我的女儿激动。

在丝丝春雨的早晨，燕子剪开朦胧的天幕，托起轻盈的春天，向我们飞来。各种花儿在春雨中吐蕾。春雨中，有新绿的树叶，还有鹅黄的柳丝。小燕子唧唧鸣唱，歌唱刚刚掀开风丝雨幕的春之晨。

荷花池畔

北山下，铁路边，有一个荷花池。

在荷花池畔，我们有许多同学在这儿写生。

画笔是绿色的生命，画笔是花朵的灵魂。我们用画笔画下飞扬的柳丝，画上盛开的荷花。荷花开得秀美，可她们并不夸耀自己，只是默默地迎着阳光在微风里翩翩起舞，她们悄悄地唱着自己的歌，赞美新的充满活力的生活，但也有暴风骤雨出现，需要勇敢搏斗。

荷叶田田，荷花迎着阳光开放，风吹来，婆娑起舞，"出淤泥而不染"，我们将荷花画在速写本上，我们把荷花尽情描绘，赞歌一支响在胸间。

天　桥
——写给滑雪健儿

这空中能有桥吗？有的。

这空中的天桥是滑雪者战胜困难，培养勇敢精神，克敌制胜的桥，你们心中的彩虹搭起了这空中的桥。

滑雪者从高高的北方的雪山上飞翔，你们用意志筑起了空中的桥。

滑雪健儿们勇敢地飞翔，年轻的健儿们是祖国春天的燕子，姑娘们火红的头巾剪开了隆冬的风雪，织出了春天的帷幕。啊，祖国的春天永远在你们心中萌发着花蕾。

湖　畔

你顶着雨来这里写生，那两条羊角小辫，一摇一闪，一闪一摇，发辫上还滴着水珠，可画具和颜料却没有淋着，你把它们包在衣服里，裹得紧紧的。

雨后的阳光映照着湖畔，景色是多么秀丽。那湖边有两只小船，划船的游人避雨去了，有三个游泳健儿坐在湖边的码头上，他们是顶着大雨从北岸横渡过来的。你的画面上，就有这些景色，生活本身给你提供了画意，你尽情地描绘。

指导你作画的老师也被雨浇了，他在寻觅雨后的画面。我看见你在向他请教，他亲切地给你指点。你们师生之间动人的情景，不也是一幅生动的画吗？你的求索精神，老师的谆谆教诲，这是湖边一张流动的画页，它是一幅自然活泼、畅快清新的小画，在我们面前展开。

啊，在湖畔，你在用画笔描绘雨后多彩的画面。

给　老　师

老师，我离开你有十多年了，你的形象还留在我的记忆中，也许要留得更长久，直到我有终有尽的日子。

老师，为了美好的理想，你教育我刻苦用功。记得那些在教室个别教育我的时刻；记得那些在校园和我单独谈话的情景；记得那些观摩教学，你还领我们几次到山上，到龙湾去野游的日子……

啊，老师，虽然见不到你了，但你时时刻刻都在我身边。

我仰看夜空的繁星，好像你向我注目，闪着你那明亮的深情关注的眼睛；我登山看云海，似见你的英姿，你与山林、海水齐歌；当我听到林涛澎湃，又像听到你对我的嘱托。

啊，老师，谁说见不到你了，日里夜里，你都在我身边。你的音容笑貌，你的矫健的步履，我时时看得见。

冥　想

八月的雨，说来就来。

雨哟，密集的雨，从月初下到了月底。水满为害，山村的桥断了，村里的人都上山了。房屋、菜园、庄稼、大片大片的稻田，一片汪洋。

老人们在山上冥想：这是从未有过的水灾，今后的日子怎么过？儿子、孙子、家园，怎么收场…………

锣鼓声声，歌声阵阵，山上照样在办喜事，东村的二丫，南屯的专业户小伙子，正在敲锣打鼓中结成美满的一对儿。

政府的救济，领导的关注，城里的支援，自救的力量，啊，水灾可怕也不可怕。老人们的冥想，只增添对旧日的回想。啊，我们还要建设一个更加美好的家园，前面又织出了一片金色的图景，山村要迎着新的曙光…………

醒来的竖琴

故乡的九月,登高望远的日子。九月的故乡,赋新诗的季节。

竖琴醒了,弹拨竖琴的少女留下一串串清音。

姑娘是被洪水吞没的,在山洪暴发的后半夜里,电影乐团的人转移到山上,你,为救一个农妇,你背驮着一个三岁的女孩,挣扎着接近山坡,更大的洪峰下来了,农妇和女孩都上了山坡,竖琴也让农妇抢上了山坡,46根琴弦已折断了多根,而你却永远离开了山岭。

哦,竖琴醒了,这是全乐团珍惜的乐器,拨弦的你给人间留下了唱不完的歌声。

竖琴的清音伴着流水,响在山乡,唱在城镇,回响在黎明⋯

雪花,漫天飞舞

夜。宁静。

雪花,漫天飞舞。

站台上,一阵喧嚣,列车进站了,下车的人们,着急地赶向出站口。列车就要开动了,短暂地停留,人们十分紧张又十分欢悦地聚散。

那第二节车厢的第二个车窗口,有一位白发的老妈妈,她从车上伸出头又伸出手向送行的人亲切叮嘱,她笑容满脸,被橘红色的灯光映照着,像一丛雪莲,又似淡雅的李子花开在三月的春夜。

送行者——一对儿,是兄妹? 是未婚恋人? 男的,拄着双拐,神情洒脱,英姿勃发;女的,青春美丽,高挺的鼻梁,修长的身材,身子倾向男子,双手抓着双拐⋯⋯

"这是一对夫妇,男的刚刚电大毕业,女的是医大留校新教师,来送妈妈去北京啊!"

人群中有人钦羡地说。

深夜,一对年轻幸福的伴侣,慢慢地走出站台,男的拄着双拐,女的搀扶男子,甜心蜜意一步一咚,一步一咚,声声叩着心弦。

雪花,漫天飞舞,报春之雪花,飘洒无声⋯⋯

卖 糖 人

卖糖人把挑子放在小巷的尽口,孩子们听到你的笛音,一个个像被你神奇的魔绳牵住鼻子。

卖糖人捏出一个个小人儿,像活的雕塑立在一排排的木杆上。

孙大圣翻着跟斗;牧童吹着短笛;朝鲜族女孩荡着秋千⋯⋯

孩子们为你的艺术匠心而流连。

卖糖人,有时也会把糖人免费送给酷爱艺术的孩子。

在小巷深处,卖糖人的神笛引来了夕阳下的欢腾,长街更显得诗意浓郁。

卖甘蔗的小女孩

你从闽南的平野来，你带着浓重的乡音，不是在喊，而是在歌吟：

"甘蔗甜来，甘蔗好甜哟……"

我品味你的甘蔗，甜津津的，我想起闽南的乡村，那多姿多彩的平野啊，一片片甘蔗的绿林，一片片飞檐别致的农舍新楼，一片片淳朴甜美的歌声还响在耳畔。

你从闽南的乡村来，你带着家乡的情意、家乡质朴的风韵，给榕城增添一幅崭新的小油画，你身旁的中年人（那是你的父亲啊）对我说："卖什么甘蔗，想看看省城，是来福州玩玩。"

啊，好几个老人和孩子走向你，走向一幅甜美的乡土画框。

卖甘蔗的小女孩，你给榕城增添了一幅纯美的小画……

美中旅游车

啊，银灰色的美中旅游车。

像无脚的鸵鸟，又似甲虫，美中旅游车此刻静静地停置在东湖宾馆院中的细沙场，一辆，两辆……啊，九辆，排得如此整齐，在金红的夕阳映照下，似在彩霞中静静地呼吸。

像踏着青草从广漠天地归来的骏马，似劳顿的勇士，散散淡淡地在细沙地上作长途后的休息。啊，美中旅游车，吸引着一群又一群天南海北来的宾客。

像一间小小的房子似的车又拖着一间小小的房子似的车子，那中间的连接铁架上安放了一对铅色的液化石油气罐。这是在旅游中炊饭烧菜的燃料，多周到啊。我看见从第三辆车上走下来一对美国老年夫妇——男的，约有七十多岁，白胡子飘飘，动作很灵；女的，六十多了，双鬓染雪，穿一件宽大的上衣，下身是一件褐色的长裙，走路稳健。

"您——好！您——好！"

他俩向大家招手，不很熟练的中国话，情意绵深。

啊，美中旅游车，将在广袤的大地上行走，让中美人民的友谊，在秋风里传播，在春风里开花。

拆除牛棚

把这座牛棚拆除，我们的支书怅怅然，竟落下几滴泪水。

你临走时还把牛粪起出。

送你的人排成长长的队伍。

一边是红得似火的串串红辣椒；

一边是妇女们送来的黏豆包和煮鸡蛋。

你说：我还要来的，这里有我的父老乡亲，还有你——小牛倌（如今已是我们的支书）陪我住过的温暖的牛棚。

那炭火还是那么红艳，好像还有蓝汪汪的火苗飘蹿；

这些牛是那么健壮，那已经是好几代好几代的子犊，你曾用汗水和心血喂养了它们的祖先。

你已经远离了人世，这座牛棚也要拆除，留下的就是你的精神和永不忘怀的记忆。这记忆烙在几代人心目之中。

街边寻根者

寻找你的，是一位七旬的老人。

你深深埋藏在街边的地心。你苍老的树干被伐下了，树根和长须却隐在街边的地心。

老人甩开双臂，抡起铁镐，汗珠滴落泥土，阳光照临街面。让我拍下这一镜头吧，老铁牛——一尊青铜塑像。

一镐一镐，坚实有力。

挖你，为了锤炼筋骨。

挖你，急切切再培植新绿。

雨后·小城的诗

一切都静下来了。

没有了车笛鸣叫，没有了人声喧闹，没有了孩子们的呼喊，也没有了火车的轰鸣。

啊，这北方草原的小城，静静地进入了甜甜的梦乡。

雨后。静夜。草原小城。

街上的树叶更绿了。道路更干净了。新铺的沥青公路像一面晶亮的明镜。树影婆娑，路灯发出幽幽的光。只有十几辆运送牛奶的小拖车急驰奔跑，给雨后的草原小城带来了勃勃的生机。

　　我躺卧在一座小小旅社的窗前，凝神地读着，读着这北方草原小城的一首小诗。

水边拾趣

夜 海

不夜的渔村，不夜的港湾。

夜，睁着明亮的眼睛，那是我们海防的战士，在海边巡逻。战士的眼睛，是明亮的灯柱，是灼亮的渔火，是渔村和港湾闪着光芒的亮眼。

不夜的港湾，不夜的渔村。

战士在夜里巡逻，守护大海的安宁，枪刺上挑着星星和明月。

夜的渔村，夜的港湾，人们进入甜蜜的梦乡，战士闪着明亮的双眼。

夜的港湾，夜的渔村，有温柔的海风吹送着大海轻轻的呼吸和美丽童话般的气韵。

网

用绳子拉开的网，晒在中海滩上，网啊，你也疲劳吗？

我走过有浓郁鱼腥味儿的大网边，感到浑身舒展。

两个渔民走到大网边，一边卷着叶子烟，一边在沉思流连，是在记忆捕捉到鲜美鱼虾的美好景象，还是在勾绘着再度获得丰收的谋算？

桨

我在风浪中依靠了桨。

桨，并不夸耀自己，你用力划，它前进，你不划，它也就不动声色。

我在急危的风浪中坚持前进，桨啊，助我前行，它鼓舞我继续向前。

桨有时也高傲起来，只怪人们不会和它合作，桨啊，默默地执行自己的使命；行船只有向前，决不后退！

拾 趣

早晨，我照例漫步在海滩。海滩上有很多人在寻觅，在拾贝，在吟哦，在逻思……

我又起得晚了，有人沐着金红的霞光踏着涛声返回去了，我却漫无目的地行走。

我又来得迟了，有人已拾到满袋的五色斑斓的贝壳往回走了，我却茫然不知所措。老人、孩子、青年、妇女，每人都有所获，人们都高高兴兴地提着拾来的海菜、贝类，还有从石缝捉到的小蟹……我只能望着人们走来走去的匆匆的姿影。

我在思索，也在寻觅，我就拾起人们的歌吟和嬉笑吧，我就踏着人们叠印的脚印前行吧，我拾取了海滩的喧腾和欢笑，我寻觅到海的魅力。

啊，大海浴着金色的阳光，大海掀起了浪峰波谷，我寻觅到大海诱人的诗意，我心中充满了激情！

渔　火

夜，青辉的月照着海港的滩头。

远处，海里有点点渔火，渔火闪闪烁烁。

老人坐在海滩，用镜子照，啊，他的目力已远不如以往，老渔民只能借助于镜子来观望渔火了。

"爷爷，那是爸爸，那是妈妈，是他们的眼睛，多亮呀，眼睛，爷爷！"

"是哟，是渔火，是你爸爸妈妈的亮眼！"

渔火，亮在夜的海上，也亮在海港滩头爷孙的身旁，渔火是渔家希望的亮光。

渔火，亮在夜的海上，渔火是渔民明亮的眼睛，看着海中点点渔火，便听到妈妈亲切的呼唤，海边的孩子好像在大海的摇篮中静静地谛听丰收的渔歌。

渔歌唱晚

一只一只的渔船归港了。

一首一首的歌唱在晚霞之中，渔歌唱着人们的丰收和喜悦，啊，渔船靠港了。

船上卸下了一筐一篓的对虾，一筐一篓的鲜鱼，歌声、人声、呐喊声，啊，拥得渔港更加窄小而丰盈了，唱得渔港更加喧闹而沸腾了。

金红的晚霞，给渔港洒下了火红炽烈的欢悦，五彩的网，唱出了心底的歌，渔民丰收的歌啊。

晚霞火红火红的，渔民心中的歌也是火红火红的。

晚霞将托着人们金色的梦，迎接又一个金灿灿的渔港的黎明……

渔 村

你伸出一只巨掌，把海抱在怀中。

啊，小小的渔村，每天有片片风帆飞向大海，每天载回来银鱼鲜虾，载回一船一船渔歌。啊，一片一片帆影在晚霞中渐渐从深海归来。

你放出一线璀璨的光芒，那是晚上的点点渔火，在大海上闪耀荧光。

啊，小小的渔村，每夜有书声、笑声、歌声，青年们对大海怀有深情，向着茫茫大海，向着青幽幽的月光，唱出一曲一曲的渔歌和情歌，那是青年们对大海的赞颂，也是对理想对青春的歌吟。

啊，渔村，一颗明亮的珍珠，在大海的岸畔发出喜人的光亮。

湖水之恋

他，像鱼儿泅游湖中，不分夏天与冬天。但他更爱秋天的湖水，他说秋水似草原圣洁的流泉。

今天，他被一个钓鱼老人拽上岸来，他怎的是鱼了？

向他告别时，人们泪洒衣襟。

几十年来，他从湖里救起过多少生命；今天，他终于献出自己的生命了。

他无声地从死神手里夺回自己的弟兄姊妹，以人的美性完成自己生命的诗篇。

亮亮的清凉的秋水，可是他的心？……

湖畔之春

湖畔上聚拢着人群。

白山湖上春色正浓啊，几个画家在观察湖上的春色；那摄影家们却在寻找镜头，看怎样才能拍摄出代表水电大军们建设这大坝的英姿。

这时刻，我被湖畔鹅黄的柳丛所吸引，从喜笑的眉梢，从江鸟的飞腾，我已看到湖畔诱人的春光了。

湖畔的马达轰鸣了，人群沸腾了，长白山的春天有着迷人的春色。

湖畔上聚拢着欢呼的人群。

松花江春汛到了，滚滚的桃花水来了，湖上的大坝岿然不动。

湖畔上聚拢着欢腾的人群，那是庆祝水渠工程胜利完成了，工程技术人员和工人们的劳动创举，终于获得了成功，白山湖畔明媚的春光激起了人们心中的春潮。

江边，一位垂钓者

从西边降落的太阳里，看到了你朦胧的轮廓，从东边升起的满月里，我又见到了你安然的神态。

鱼篓里的鱼儿在泼泼弹水，它们不满意被囚禁。

可你不忙于收钓，你要将月亮收入鱼篓。

啊，江边的垂钓者。

孙儿来催你归了，你却在心中吟哦诗句——

一江春水蓝，

满岸杏花瓣。

老人与长桥

你相信吧，老人对这座长桥如此深情而迷恋。

宁静的黄昏，他又活跃得像一个孩子。他在桥上笑迎晚霞，手抚着大理石的栏杆出神。他对这桥，有如此深情，几多回忆，几多遐思。

一架木排，荡在江心，他驾驭这木排，像赶一只小羊——木排当渡；

新船试水，他已是中年汉子，两岸彩旗招展，渡船上有迎亲的锣鼓；

这桥修起来了，他已过了八十寿诞，白胡子飘胸。

老人在桥畔拾得记忆，又得到欢欣……

窗前的广场

住在大海边，窗前有一个广场。

华灯初上的一闪亮，一下把海里的珍珠一串串挂在了海边的广场，我看见南来北往的人流一起拥向了夜的广场。

夜的广场喧嚣而宁静，夜的广场五色十光，但并不使你感到不适，它是一幅跃动的画，是一串美丽而迷人的音符。

夜的广场四周有许多卖海产物的摊床，有许多海边的老人、妇女和孩子们将从海里所获的珍奇猎物，一起捧献给广场，捧给来大海边度假和旅游的人们。

我爱在窗边凝望广场，广场也是一个大海，是璀璨的灯的海，是人流的海，是海边人们汇集智慧的海。

我住在大海边，每日从海边回来，就在窗口凝望这不夜的广场，心中波动着大海的歌唱。

海边的商亭

海风吹拂着海边的商亭，晚潮来了，夕阳洒出金色的网，网住了大海，网住了海边小小的商亭。

砰！砰！

是谁在敲商亭的板棚？我的大哥（营业员）用脆亮的男中音喊：

"别作死！快跳进海的怀抱吧！"

扑通！

有一个大姐从礁石上跃进海浪，她那漆黑的大油棕刷子似的头，在波涛中时隐时现，她不断在浪里呼喊：

"来了，我今日要和你赛一赛！"

啊，海风吹拂着海边的商亭，海波中那一对健儿迎着海潮游动，金色的阳光，像一张五彩的网，网住了大海，网住了海边的商亭。我的大哥和未来的嫂子在浪花里畅游，他俩唱着一支甜美的歌曲……

升起的风帆

润兰的大姐登上舢板，离开海岸，升起了风帆。

风帆，涨满了大姐坚强的意志和真挚的情怀。一年前，她还是个待业青年，她们的老师，年轻时是海边的渔民，为了掌握这项体育竞赛，曾在海上搏斗了二十几个春秋。

小舢板，一个、两个、十几个……舢板在大海中飞腾，那是润兰的大姐她们一代青春灿灿英武的青年，为了替祖国夺得荣誉，师生们日夜在海上激战。

升起的风帆啊，你把我和润兰的心也带到了辽阔的大海；

升起的风帆啊，你是年轻而古老的祖国生机勃勃的象征！

秋风·秋水

秋风起的时候，湖水着凉了。

凉丝丝的湖水呀，像一缕向晚霞光，我爱在秋水中游泳。秋风阵阵，秋水清凉，我在水中畅游，秋水使我体魄健壮，更令我神清气爽。

秋水盈满了春日的光彩，

秋风卷来了黄叶的飘香，

秋水储存了夏天的热量，

秋风传来了冬日的信息：严寒将至。

我爱在秋水中戏游，秋风阵阵，告诉我说，坚持在秋水中锻炼，才能迎接冬泳的到来。

啊，我要从秋水中游到北国隆冬的季节，去接受冬泳严寒的洗礼，去冶炼我赤铜色的体魄，也冶炼我意趣活泼的思想……

秋水迷人

明朗的夏日退隐了，一湖秋水迎着我们。

哈！我们曾在夏天的湖水里搏击风浪，游过去，到湖心岛上徜徉，又返回到救护码头。

我们风雨不误，不管是晴朗朗的日子，还是狂风暴雨的正午，不见不散。我们从游泳区跃入湖水怀抱，划破广阔的湖面，去大坝去北面的堤岸边；我们不登岸小憩，闯速度，练持久耐力，又返回下水处的码头边。

我们着迷一湖秋水，秋水更迷恋我们，我们兴喜在秋水中畅游。

哦！秋水，你是我们意志磨炼的所在，又是我们广交朋友的聚散地。

我们迎着秋天的风雨，等待冰雪的到来，只有在秋水中久经磨炼才能迎来严冬，我们又在冰冻的湖水里锤炼身心！

江畔的夜

深秋时分，夜很凉，秋风把江畔的沙砾吹凉了。那一晚，我在船上听老渔民讲渔民的传说，头枕着涛声，心里装着渔火，江畔的夜好静，也清爽。

我一觉醒来，老渔民还在呢喃。他也睡了一觉。他说，在梦里，见到了传说中故事的主人，又寻觅到童年的金色岸畔。那一夜，江畔的风传递着老人的故事，我卧在江上的木船上，头枕着涛声，梦中好甜。等旭日升在船的桅杆，我还在神思幽幽，江畔的夜，好清爽。江给了我思想的启迪，踏着激流前进吧，前面有一个更广阔的天地……

涛　声

今夜，船被搁浅，宿于江心。

在船行走中枕在江上，有津津的甜甜的梦，给人们带来愉悦和欢快；

可是，因为是枯水期，船被搁浅。在星光月色下，本是江上迷蒙好景，却难于入梦，我的思绪限在郁郁闷闷之中。

一位诗人说：听涛，可以想见江上的许多情景；可以心驰神往在江以外的世界之中。

是啊，听涛，涛声令我平静，我很快被涛声感染，好像涛声就是故乡的山歌，向我召唤，我在故乡的山山水水中漫游。

江之涛，激起我的思念，也令我振奋。

江之涛，诉说黑龙江美丽的传说，它紧紧连着昨日和今天。

江之涛，告诉我，明天有旭日，有早雾，满天彩霞将召唤又一个晴日和更加壮美的明天。

我高山的湖泊

没有船只，有的，只是树叶的漂浮。

树叶是远航的船队吧，山风阵阵，鼓荡着心翼的旋律。

没有湖心的岛屿，却有对岸的青峰，层峦叠嶂似画屏映在湖面；动中有静，静中有歌。我的湖泊在云雾和高山上展开舒畅的襟怀，让鸟儿们在湖上飞旋，却不让山火在湖畔的古老森林出现。

冬之梦，是湖泊的深深叹息吧，白雪覆盖了湖面，大湖凝固了，而湖底却春意盎然。

我的湖泊像一支洞箫,吹奏着大山的深情,咏唱青春的序曲。只有夏日是湖泊最展笑容的季节，从祖国各地、从异国他乡来高山观光的旅人，看到我高山的湖泊就像见到了亲人。山风拂动，湖水与蓝天白云絮语，那话语无休地绵延、深长……

我高山的湖泊，常在我梦中展现，永远在我的思绪中闪着迷人的眸子。

灯 塔 山

灯塔山，你以彻夜的红光，照耀着大海；

灯塔山，你以巨人般的气魄，你以威严高昂的胆识，为海上航行的船只指引着航向。

啊，进港出港的船帆景仰你，你是一颗明珠，亮在船员的身边。

多少船帆望着你，多少船帆从港湾驶向深海远海，你在船员的心里亮起一支火把。

啊，从深山来的，从广漠的平原上来的，从祖国四面八方来的，从远洋和异国来的，人们看见了你感到如此亲切、熟悉，就像是老友重逢，又似亲人相见。

灯塔山啊，你在风帆的羽叶，你在船员的心里，时刻升起灼亮的火炬，点燃起黎明的火红的朝霞。

晚秋的雨

你说这雨真愁人。看起来你有点儿忧伤的情愫。

这是晚秋的雨，风凉雨冷，难道是凉透了你的心？

你说要学成归来了。你们居住的是一座旧的法国古老庭院，静静的树木落叶萧萧，让秋雨浇得淋淋透透。

你说故国的亲人正盼着你从异国他乡归来，是呀，留学了三年，单调而又多彩的人生经历。

晚秋的雨浇在你的心上，你在思念着祖国亲人，你在学业上也经历着这愁人秋雨一般的痛楚。

坚持着，在异域的日子苦读学成后，会有一个开花的春日来到。

祖国亲人期待着你的归来！

短　歌

三个渔民来到海湾的滩头。

海水在朦胧月色中泛着星星的银光。听着涛声，看见渔民，小渔船唱起了短歌——

绿色夏日的海边朋友多，

蓝色的海掀起拍岸的浪花，

浪花说请到海的怀抱来，

我虽是小船，也把鲜鱼奉献……

三个渔民在微微的曙色中，把渔网和船桨收拾好了，轻舟贴住海波，向远海飞去。

马达代替了旧日的人力划桨，小船驾驭着大海在波峰上狂奔。

啊，一条小船的歌，在我的心上流过。

这支短歌从暗夜微明的曙光中一直唱到我从大海边回到我的北方平原。

工　地　上

在海湾桥梁的工地上，载重汽车的喇叭声、夯声，劳动大军的号子声，还有大海的波涛声汇成一片，奏出了英雄的交响乐章。

在海湾桥梁的工地上，两个医生抬着一副担架，在刚刚塌方的抢险中，一个民工把两个女工抢救了出来，他自己却献出了年轻的生命。

在海湾桥梁的工地上，有无数排习习飘动的彩旗，彩旗代表了这支劳动大军的风姿和神韵。

在劳动搏斗中，有欢乐的歌唱，也有英勇的壮烈的牺牲。

明天，明天将有一列列火车隆隆地开过来，大桥将张开宽阔的胸腔，迎接着长长的列车，奏出一个又一个青春的生命的乐章……

灾　民

几天大雨，水满酿灾。

原来是欢乐的庭院，现在一片汪洋。

昨天还盈满笑声歌声，今晨却四处逃奔。

在长街的街心公园，集满了水患之乡的人们。

孩子们来了，他们停止歌声，他们一下子变得庄重而老成。

不一会儿，市街的老人和孩子们抱来了衣裳，妇女们也端来了香喷喷的米饭和菜汤，人们领走了亲人，他们要把一个个灾民带到自己的家中…………

新的生活，新的气象，灾民们露出了坚毅的笑容，他们说：我们有党，我们要重建家园，还要迎接新的生产建设的高潮！

晨

江柳依依，长长的柳丝在晨风里飘逸。清晨里，图们江上有雾，雾啊，似轻纱，在江上缭绕，散发出淡淡的白色的青烟。

啊，江畔的孩子们，你们早早来到江边，在江柳旁，看江上的雾，看江上的日照，把那玫瑰色的早雾画在速写本上，把那红日喷出的红霞和那绚烂的色彩都涂抹在画册上。

江柳依依，啊，在柳下，一群孩子在舞剑，在做各种造型动作，在读书，在做那难做的习题，在背外语单词……

啊，江柳依依，你那长发般的柳丝，垂扯下来，似有千丝万缕的情意；你热爱着这些江边的朝鲜族、汉族和回族的孩子们，孩子们也恋着这江畔的柳丝，但他们更爱幻想着未来，他们迷恋着天空的色彩！他们看着大江的奔流，心中升腾着对生活、对祖国、对未来的遐想。

啊，江柳依依，在长长的柳丝下，一代新人在茁壮成长。那创造明天世界的新一代呀，心境比大江更美更宽！他们胸中充满着更加烂漫的诗情画意，他们要为四化做贡献，要创造美好的明天！

啊，江柳依依……

日月杂咏

日　光

我从黑暗中走出，企盼着日光的拥抱。

我舒展在日光的摇篮里。日光不是生命的摇篮吗？

一切梦想都是这摇篮孕育的，一切果实都是这摇篮浇灌的。

于是，我的心温暖起来，灼热起来，躲藏在它角落里的阴霾，燃烧了，崩塌了……

当我看见孩子们从摇篮走向生活，我相信他们就是日光的儿子。

月

你那温馨的面孔，总爱来到窗前，照千古多少离人泪。

当你挂在树梢，重叠树下恋人的影子，你的心意，他们知道吗？

你永远表现着东方的神秘，永远是唐诗里那只月亮。

月啊，你这夜神的明眸，也是缪斯的心灵吧？

即　使

我在海边漫步。在金波银浪的飞溅中神思遐想，随海波起伏而飞游大海。

啊，我多少次梦魂萦绕。海呀，你是我梦之谷，你是我诗之潮，你是我灵魂的寄托和情思的迷恋。

海哟，在我梦里，

海啊，在我心中。

即使……

即使风儿和它作对，蜘蛛也要一千次一万次重新编织自己的网。

即使大海中掀起八级大风十级大风，海轮也决不惧怕风浪。

即使风沙阵阵，总与治沙人过不去，沙漠上照样长出树木，植树者要播种绿洲，哪愁春天不在沙漠驻足？

即使我写出的诗稚劣拙笨，但只要有真意，满含着激情痴情，我决不放下手中的笔。

啊，即使……

珊　珊

我的女儿入托了，她用瞪大的一双眼睛看着我：

"妈妈，我不让你在路上撞车了，我会长大的，阿姨比你还疼我哩！"

星期日，姗姗能看家了，一盘积木，一匹电动木马，是她的伙伴儿。

我从医院值班归来，女儿搂着我的脖子：

"妈妈，幼儿园的阿姨来了，她送给咱家一株夹竹桃，她说等下个周日，来给我照张浇花的相片呢！"

我心里早有了一株夹竹桃，那就是姗姗的阿姨…

新　居　铭

一幢幢新楼落成了，又一批职工和居民迁入新居。开始时，我惊羡；不久后，我幸运，我也移居到新楼来了。

这里以前是洼地，郊外风沙迷蒙，每当黄昏来临，阵阵蛙声似鼓鸣；

啊，如今，这里成了新的职工居民点，每天傍晚，那一个个明亮的窗口，都映现着攻读者的身影；每天清晨，这里都荡出一片朗朗的读书声。

啊，一幢幢新楼落成了。这不仅仅意味着，这里又增加了一个居民点，而是构筑成了又一个向四化进军的阵地，在时刻倾听着党中央的那庄严的号令…………

晨　钟

晨钟的声音是洪亮的，在山野，在平原，在城市，在乡村，晨钟以它悠扬悦耳的歌声，向每一个新的日子传颂着、播讲着，人们啊，无论老人、孩子，或男或女，都爱早起，都爱在早晨锤炼自己的身心，开始劳作。

一天的美好时刻在于晨。

晨钟啊，你也别那样自信，人们早起，并不是由于你的呼唤，多少年来，我们的祖先就有日出而作的优良传统。踏着晨光，自强不息，去追赶早起的太阳；沐着微微的霞光，我们走在时间的前面，我们祖国的人民啊，在蒙蒙曙色中，迎来璀璨的光芒四射的新世纪的黎明。

蓝色的黛色的……

蓝色的披肩，黛色的镜片。

水红的波纹，酱紫的托盘。

我来到这里，仿佛置身在异国的庭园和古老的村庄。

画室里，堆有许多画稿，宣布主人的艺术造诣和辛勤耕耘的收获。

一个又一个雕塑的雏形，一件又一件半成的艺术品，每一件艺术作品都在述说一个故事。辛勤。不断求新。激奋。艺术天国里自由翔舞。可朋友告诉我，主人却是一位双目失明的艺术家。

你身着蓝色的披肩，你有黛色的镜片，明眸亮在每一件艺术珍品上，谁知你是一位盲人艺术家……

艺术——不是艰深莫测的海洋；

艺术——来自忠诚的心愿和顽强的拼搏以及百思磨炼的不断攀登。

朋友又告诉我，你，有一个美丽多情才思敏捷的妻子，啊，她是一位不会说话而用眼睛用手说话的奇才……

是谁……

半夜后的冰冻使人感到寒气逼人，我披衣起来，妻子说：怎么，起早吗？今天是公休日吧？

是谁？在楼上弹起了琵琶，那古典的音韵，和着有节奏的和声，令人奋发，使我激动，她参加十城市青年大赛后，还要在招待外宾的音乐会上演出吧；

是谁？就着殷殷的淡淡的灯光，在吟哦一首刚完稿的诗篇，那一星灯光，从五楼的窗口射放出来，映亮了浅淡的路灯，也映亮了天空的星斗……

是谁？是我的伙伴，是我们自修大学的学员，要把心中的歌唱给早醒的黎明，要迎接那第一缕灿灿的霞光。

唱给沙丘

你可曾到过防川？

我们来防川，在绿色的边境漫游，心情颇不平静。

防川是祖国北部边疆的最前沿，地形呈手指状，沿着图们江向前延伸，向南，到达日本海附近。

防川多风。从春到夏，由秋到冬，大风终不停息。

一年三百六十日，

狂风卷来沙满天，

张鼓峰上看防川，

狂风沙浪遮人眼。

这首民歌就是对昔日防川的形象写照。大风把图们江边和日本海滩上的沙刮到防川岛上来，形成了一个个沙丘，有的还不断移动，那黄澄澄、迷蒙蒙的沙丘啊，就是我记忆中的防川岛啊……但是，英雄的防川人民，吃苦耐劳，经过艰苦卓绝的努力，终于绿化了防川，治住了风沙。如今，北京白杨、山东白杨，还有许许多多外地的树木，在这儿深深扎根。一条条如织似网的林带，浓绿葱郁覆盖着沙原。防川岛上一块块方田、条田碧绿青翠，像绿色的地毯铺就在张鼓峰下图们江畔。风沙滚滚的防川岛啊，终于变成了秀美的绿洲。

啊，来到这里，听着这些传说，眼看岛上妩媚的风光，哪里还有往日的沙丘可寻啊！

啊，我们终于觅到了，就在村子西北部位，图们江边，这儿还有一个黄灿灿金闪闪的沙丘。沙丘似乎在向人述说，从前防川岛就是一座大沙丘，可是由于防川人的顽强奋斗，终于把沙丘变成了绿洲，而这一座小小的沙丘，人们不去碰它，让它在这里做个见证。小小的沙丘啊，你是绿色防川岛上一颗黄灿灿的明珠，你向远方的朋友述说，这儿曾是风沙狂猛的所在，而你是防川人与风沙搏斗坚强信念的凭据。

从日本海飞来的一群群海鸥，在防川岛上盘旋，他们在沙丘上空，飞去又飞回，海鸥啊，你们是在唱着歌吗？我听见了你们动听的歌声。你们的歌，唱给沙丘，赞美这里的绿色世界，歌唱防川是不可战胜的坚强堡垒。防川人有着今天的欢悦，更有远大的理想，他们在向四化进军中迈着坚实的步子。

防川人有着豪迈的雄姿。

啊，小小的沙丘，你是过去风沙肆虐的记录和写照……

吮

落雪的日子，天，很冷。

我吮着一片片雪花，像儿子吮着母亲的乳汁。

山林，沉默。

大山，更壮观，更高洁，更威武。

雪花卷着狂风，狂风裹着雪花；大山更加沉默，大山的情怀更加炽热，等春日，再献出青绿和热能。

大山吮着温泉，我吮着雪花，像儿子吮着母亲的乳汁。

初　雪

是轻淡淡的雾吧？

是细细的米粉？

从高空不停地抛洒。

要我们尝尝它，是新鲜？是甜蜜？是无声的呼唤？

深秋，圣洁而肃穆、严峻而清冷的冬之序曲呵！

山　云

不要小看了这山上的云，它能把山盖住；又能和山石亲吻和絮语。

云呵，依恋着山峰和参天的树木，变幻着无尽的梦境，更增添山的神秘和壮美。

剑

还是那把长剑，却挂在了墙的另一边。

珍惜这把剑的，不再是满脸黑胡碴儿的中年汉子。他，已到了老年。他，已经远行，到儿子居住的海南去了。他，已无心抚摸这把黑红的闪着亮光的剑柄……

还是那把长剑，现已易了新的主人。

爱这把剑吧，它曾有光荣的历史，曾有一位英雄佩带过它。

这剑在暗红的阴雨的日子，却闪着耀眼的光芒。

踏　雪　行
——记一位水文站长

执着的追求，在深山，雪茫茫，挡不住你的行程。

茫茫风雪，冻僵了山石，凝固了山泉，你却在深山里踏雪前行。

改变山水的转向，探索大山的心灵。

雪深深，一行人在你的足印上叠步向山林。

射箭女赛手

拉开满弓，箭出——飞向蓝天。

把日射下，红日顿时有暗点斑痕；

把月射下，草原的夜看不到朗月的光晕。

看，女射手，原是北方草原牧羊女。

拉开满弓，射手的胸中吐红日，吞环宇。

马蹄嗒嗒，奔草原，跨大川……

追赶爬犁

沉沉的山霭，殷殷艳丽的阳光。

我们坐在爬犁上，追赶前面的爬犁。

拉着山影，载着老猎人和乡亲，爬犁驰骋过大江，去追赶鲜红的太阳。

山，向远处游动，江，向背后旋舞。

追赶爬犁，我们用画笔用心音为山与江摄下一幅幅壮阔的画面。听，老猎人哼起了古老的民谣，现代的风和我们同声讴歌淳朴勇猛的山民。

绿色的风

狂风暴雪，阻挡不了你邮车嘀嘀的鸣响。

迎着你的是年迈的北方祖父，他的儿孙们在山野里伐木、造酒和开采煤炭；

迎着你的是年轻的妻子和儿女，她们的丈夫、父亲在深山架线铺路和守卫边防。

你把一封封书信送到家家门户，你哟，绿色的风，绿色的风哟，远山近水回荡着你悠悠的歌声。

寄

你给我寄来了一封封信。

是狂草，是心曲，是缕缕思念。

你给了我读不完的诗和画。

也许你和我同住一座城市，也可能你在南疆或北方边境。无论你在何地何方，我能在朦胧中看见你的身影，童颜鹤发，满怀一腔赤诚心肠。

云 梯

打开凉夜的窗门，我凝望中天的明月。

我知道你此时也将推开窗子，也要观望中天的秋月。

明月如柔水，照进心海，彼此都凝聚这美好的时光。

海外的你，异国他乡的生活，缺少故乡的情愫，可岁月移过几度春秋，你就将学成归来。

我要驾着秋月下的云梯，飞到你的怀抱。你的周岁的儿子正在梦乡亲吻你的额头。

噫，故乡的人们在瞩望你，数载后你的归来，将诗行写满归路。

远涉重洋，更爱家乡。

云梯是一座心桥。乘风归来吧，那缕缕乡愁……

冬

送走了秋天，送走了金黄和成熟。

脚踏着坚实的步履，啊！是冬天。

雪后，显得精悍青苍的树，给北方的山林以壮美之骄情。

山，更丰厚了。

湖水冻结，平添一片版画的精美。

冬，一位雕塑家，给世界孕育一个喧闹锦绣的春天。

二　胡

流逝了曲调，忘却不了歌声。

重新奏出美的旋律，那音响，那神韵，那扣动心律的节奏，不是往日的欢快和昨天的悲怆在向你倾诉深情吗？

如果你还能沉浸在流畅的如歌的行板之中，你就会忆起二胡的主人。

他先前的作为，使你流连在欢悦境界，你就追逐他去领略青春的活力吧。

二胡，你主人的身心健美，就流在你的音韵节奏之中！

二胡，你神奇美丽的故事，将向你周围的人们倾诉着主人纯净热忱的心灵。

可是，二胡的主人为了抢救落水的民族小学的女教师，奋不顾身。他救起了溺水者，自己却永远沉在冰窟水底。

二胡，你优美的旋律和低回的吟唱是在讲述主人的故事吗？

旋转的艺术
——写给一位舞蹈教师

你说，舞蹈是流动的旋转的艺术。

哦，舞蹈是一种纯净的美和激情的力的艺术。

你从事这种艺术的教学，10年，20年，50年，你生命的火焰就在这种美的艺术中燃烧。

艺术是无止境的，你从不懂到热爱，你已经研究了半个世纪，你却对人们说，你还是一个小学生。

你教过的学生遍布祖国各地，艺术之花在处处开放，她所结出的果实绚丽多姿令人喜爱。

艺术是不断积累和完善的，你有青春之火的执着之光的炽烈，你才身心不老永葆艺术和生命之青春…………

剩
——造访诗人胡小石

剩下的时间，我要很好安排一下。

我坐汽车来到你的家里。家里只有你上小学的一双美丽活泼的女儿，她们在温习课程。

我呆呆地望着小木桌上的罩笼，里边是吃剩下的饭食、残菜、汤碗。两只蝇子嗡嗡飞旋，扑到罩笼子上，我打死了一只，还剩一只。

你又陪北京来的作曲家修改歌词去了；你的爱人王绣今则在资料室正埋头翻译一部作品。

唔，还剩多少时间？

这时候，车笛声响起，汽车来了，多准时呀，下午五时整。

好了，我要离开这间屋子了，再见！

等我再来时，也许三年，也许五年，或者再过十年，噫，冰城——哈尔滨！

不会忘怀的是，冰城一角，这儿正临近兆麟公园，一间小小的房子里，居住着一位作家，一位歌词作家，写下过一千余首歌词、曾经以《乌苏里船歌》而享誉整个中国歌坛的诗人。这位诗人的名字听来颇有趣——胡小石……

苦石堡——五间房

她不能自已。在一家四世同堂的热闹的家庭里,她是长孙女,住在一间小偏厦里,就着昏黄的暗夜的灯光,她默默地书写着,通常是一气写到天明。

她万万没有想到,经过三年多时光的磨炼,她的一部作品竟发表了,而且被评为一等奖。

作品的名称——《苦石堡——五间房》;

获得的奖——青年文学优秀创作奖。

她欣喜若狂。可是,当她在冷静下来的时候,又去请教老师。这位她中学时代的语文教师,一直是她业余创作的指导教师。在他的指导下,她又投入了新作的练写,而且还要读十几部名人代表作。

是哟,老师教导她——读万卷书,行百万里路。

她在迈向新的艰险路程,

迎难而上——探险、耕耘……

那是一朵红云……

列车出了山洞,夜色更加深浓。

列车呼啸着前进,可是,在列车前进的方向,出现了一朵红云，那是一抹红霞在夜色苍茫中飞舞吗？

平原的交叉路口，有几头黄牛，那是朝鲜族老人放养的强壮的黄牛，它们停在路口，不肯挪动笨重的身子。放牧的老人年迈耳聋，不知道将有灾祸降临。

两个汉族少年，一个挥动着红领巾，其中一个女孩子更精明强悍，她用领巾包裹着手电筒，他们在摇晃，他们在嘶喊。

那是一朵红云，那是一抹红霞。列车慢慢蠕动，终于停下来了。

列车慢慢启动，终于又加了速度。在夜幕中，平原上的列车又飞驰前进。

给盲人歌手

八月十五月光明。

我听见了你的声音，音韵和字腔还是充满着激情和活力。

我看不到你的身影，可是听见了声音就看见了你，你仍然站立在我的面前，那么坚定。那么执着，那么诚恳，那么充满着自信，那么富于生命的强劲的力度。这声音唤起人们的热情，去追求向上的充满着必胜信念的精神。

你的演唱，歌声绕梁，久久地，又传遍城市、乡镇……

我听见了你的声音，你说，所有双目失明的人，都有一颗纯真坚强的心，在这个世界上，双目失明也是自强不息的弄潮儿，一样去搏击风浪，一样去战胜暴雨狂澜。

清风徐来

在老人堆里，他显年轻，在青年群中，他又属长者。

今天，他在这个车站的候车室里，可算是一个最为活跃的人物。

"嗨！哟哟——喔哈！扇子，好扇子！这么热个天，谁要是没有扇子，尽等着那个热哟。谁若是要扇子，请你瞧，请你看看！来呀，来试试扇子……"

他那一口韵白，有板有眼，且是连说带表演。只一会儿工夫，就吸引了候车室的许多男女。

"好扇子，风随扇子走！诸位，请试试，不信，你就扇起来看！"

卖扇老人的几步走相，他那连扭带扇的摆动，真是唱二人转的手也怕比不上他的洒脱、爽劲、干净。步履刚柔，真是难得。可他不扇不扭不唱不表演的时候，光看他走路，他却是一个瘸子，加上他长得黑里透红的脸，平时露出两个胳膊肘子，又都是黑得像铁，就有一个雅号叫"铁拐李"。

这样闷热闷热的天气，太阳像火球，加之又没有一丝儿的风，谁不想手摇一把扇子？

"谁要，谁买，一元五，人家卖一块八，两块二，我卖一块五。又大又结实，大红大绿绸面的好扇子！"

老人满满一背兜的扇子，不一会儿竟空空如也，连他自己用的那把也被人抢走了。

有那几个好兴的妇女，非要他扭唱一段不可，"铁拐李"也着实兴奋，就扭唱起来。一段还没有唱完，就响起了雷鸣般的掌声。

正在这热闹当口，有两个青年男女，着急得不行，从外面夺门而来——

"老厂长，老厂长！快！快溜的，有外宾来看咱们厂子！"

人堆旁边有人介绍道：这老人是镇子上茶色玻璃工艺厂的厂长，一把手。年轻的时候当过兵，当兵前在学校就是说快板唱秧歌的好手；当兵转业后又当过民兵连长，修水利放炮炸了他一条腿，一条腿在镇上剧团还当团长，他还是有名的演员，铁嘴铁拐李，他一人顶好几把手。

"我们厂长这几天情绪不好，厂子有几个人不听他的领导；他也是，早就不想干了。老厂长孤身一人，可他趁钱呀，漫说也有个十万二十万的。这茶色玻璃工艺厂就是他一手操办起来的，已发展到一百几十号人了。"

"呛——呛咚——呛咚——呛……"

卖扇老人一边唱，一边用嘴打着锣鼓家什，就大步流星扭走了。

老人的后面跟了一大伙子人，其中就有那两个追喊他回厂子的一对青年男女……

细雨红梅

放飞的鸽子又飞回来了，悠悠鸣响的鸽哨唱着一支春天的歌子。

鸽子笑着对姑娘说：

"咕——咕，我回来了，你们等急了吧！"

姐姐看着美丽的鸽子对妹妹说：

"别美，别美，我知道你在谈恋爱，他在疯狂地追求你，追得好凶呵！"

妹妹捉住鸽子，搂抱在怀里，亲了又亲。她对姐姐说：

"姐呀，你美，你美！你要登记了，就不管爸爸和我了！"

鸽子乖巧地拍着翅膀，咕咕地絮语。

姐姐捉住了妹妹，她对妹妹说：

"怎么不管，怎么不管，你就会闹口舌儿。那敏子婶守寡七八年了，她都和爸谈了多少回了，你知道吗……"

"那爸爸同意吗，爸爸不是谁也不谈吗？"

"不是不谈，以前是没有遇上可心的啊！"

姐姐和妹妹耳语，姐妹俩笑作一团，笑作一堆，在妹妹的床上打滚儿，鸽子咕咕咕飞到了窗台上。

鸽子飞出去了，飞到房顶上了。它飞到空中，然后又在楼顶上打着旋儿，它带着欢乐的情绪，也似带着胜利者的骄傲。

妹妹想，爸爸也有了喜事，敏子婶就要到家来住了。

爱情就像一盆火炭，烤灼了姐姐和妹妹，爸爸也在爱情的圣火燃照下，返回了青春年华。

似那早霞的红丝线儿牵到了这个女娃和孤男的家庭。一夜春风细雨，红梅开在了庭院。

拉手风琴的大姐

记得你来时，背来了淡绿色塑料布包扎的行李，还有一个大木箱，木箱里除了几件衣服装的全都是书。还有一架手风琴，是营口出产的。

我们多想听听你拉拉手风琴，啊，哪怕是拉上一支半支曲子也行。可你却瞪着两只像灯泡一样的眼睛，你说："没有情绪，拉不成！"

（呀！好大的口气，好大的情绪！）

老场长，咱们闹山沟林场的老场长，带领你们一同劳动在次生林，种上一捆树苗，又种上一捆树苗。老场长给你们讲述这里的故事，这里以前是原始林子，这里有抗联的密营，就在场部的东边，这里曾经是抗联的营房，老场长当年是抗联和杨靖宇将军的交通。

（呀！拉手风琴的大姐，听得很激动。）

老场长的故事多又多，你们听得很认真。只见你拿起笔来，刷刷刷，你写得快，记得全，你记了一本又一本；你还写日记，天天写，日记写了一本又一本。你收集了不少抗联故事，你记录了不少抗日歌曲。

（呀！拉手风琴的大姐，你学习用功！）

老场长讲了许多故事，你记录了许多故事；老场长领大伙儿栽树，还带领大家在开阔地上栽种蔬菜。

那一天，老场长领大家到山场上，他说："小子们！闺女们！你们也要见识见识。"最难忘，老场长领着大家去瞻仰抗日英雄烈士墓。

烈士墓，没有高大的陵园，没有高高的墓碑，只有一方块小石头，上面有老石匠刻的几个大字："抗联战士英雄之墓"。

啊，看着烈士墓，大伙儿的双眼啊，热泪如泉涌。

（呀！你的眼圈哭红了，你在心里默念英雄。）

拉手风琴的大姐呀，我们有一天夜里，忽然听到了你的歌声。你为森林普查队谱写了队歌，你把收集的歌曲，又填上了新的歌词。

（呀！多好的大姐，多好的歌手！）

你的歌词还让别人看，你谱的歌偷着唱，可我却偷偷抄来一段：

　　热爱长白山，

　　歌唱大森林。

　　我们是新长征的创业队，

　　我们是林海的突击队员。

　　建设山区，扎根山区，

　　青春红似火，

　　高歌向前进！

　　啊，琴声就是你的心声。

歌声飞遍长白山。老场长看着你们啊，笑得两眼似花朵，我也把你们的情况悄悄写进日记本。

（呀！多好的大姐，多好的歌手。）

县委书记的名片

在我的名片匣里，收藏着许多名片，然而，最近得到的一张，我最喜欢。

七月十日，我参加白洋淀荷花节，安新县委书记郭恩志送给我一张名片。乍一看也没有什么，上面印着"中共安新县委书记郭恩志"两行字，下面是地址和电话号码。可在另一面则是一张色泽淡雅、蕴含深浓、设计大方的白洋淀图。图上有快乐岛、捞王亭、打敌船旧址、荷花淀、水晶宫、鸳鸯岛、民族岛、天外天、白洋淀大桥等景观的标志和地形位置，还有至保定、至徐水、至京、津的交通路线，等等，这简直是一张导游图。

郭书记告诉我，这张名片上标出的许多地方还没有开发，还有待于各方出资出力，携手共建。看来，这张名片不仅是导游图，还是开发和建设白洋淀的蓝图，吸引海内外投资搞建设的海报。

一张小小的名片确实有多种多样，有的打满了××委员××会员之类的字样，有的列出许多空空洞洞的头衔，甚至有人利用名片弄虚作假，招摇撞骗。郭恩志同志的这张名片，则充满了他对家乡、对工作、对事业的炽烈之爱，洋溢着促进改革开放、发展商品经济的清新气息。他看重的不是为个人摆谱立名号，而是为白洋淀的开发建设做宣传。

这一张名片我最喜欢，这样的做法值得提倡。

组 稿

你有个习惯，上了火车把东西安顿好，就去找你认识的人。

通常是你一个人外出组稿，这也是你的老生常谈了。上了车，找一个人聊聊，你带上半袋子吃食，有酒有菜有花生米，还有两个小小的精致的酒盅。

找到了。还真找到一个伴儿了。这是老树魁。"到哪儿去？""外地。""谁不知道是外地，要不，你在家摆弄笔杆不好！"

"那你哩？""组稿呗。""是呀，找外地的主儿写，'远来的和尚会念经'。"

"你那稿子，上次……""别提上次那稿，好几篇，多少回，你们就是不发！"

老树魁在文联不老不少是个正经作家。

你也在文艺界混过一些年了，都是老相识了。一个是作家，一个是编辑，又都是老朋友。

"走，上我卧铺坐坐，喝点儿！"

"我也带着呢。几号车？"

"5 号车 4 号中，就隔一个车厢。喝我的，走！""喝我的，你都到我跟前了，喝完我的喝你的，一样不是！"

起先喝老树魁的，后又喝你的。一边喝，一边聊着。

酒，越喝越来劲儿；话，越唠越畅怀——我说你到外边组什么稿；什么稿，好稿；你们就是一心向着外边，有好稿也行；我的老树魁，你的稿，好是好……好，你们也不发，我自己不敢说好，所以，所以你就到外边……我把稿送到外边发，你看我包里，全是装的佳作、代表作是不是，找地方发出去，不信你就瞧着吧。我信，我怎么就不信，你老兄作品我服气；我指望你们发？这就叫舍近求远呢。是啊，你在求，我也求；我们俩，一个到外去组稿；一个到外去送稿……

夜行的列车上，人们渐次静静地入睡，你和老树魁却还在喝还在唠，倒也是另一番情趣另一种滋味。

等火车到了目的地，你把老树魁的酒食都打扫得光光净净的，人已由醉乡醒来。

你和老树魁下车后便各奔西东。

白银花漫步

开花的草原

我这次采风，被派到草原上搜集整理蒙古族民间故事和老艺人的好来宝说唱。对科尔沁草原，我一直是很向往的，六月下旬，我来到了科尔沁草原的白银花。

白银花坐落在白银套宝（沱子）的南边，前面是开阔的草原。现在正是盛夏，沱子上长满了古老的榆树，它那茂密葱郁的枝叶，像龙爪似的向四外伸展。沱坡上开满了各色各样的花朵：布日其其格（当地牧民叫作媳妇花）开着深蓝的花朵，萨日朗呈现出火红炽烈的颜色，而颜吉戛（黄羊羔花）却吹奏起金黄闪亮的小喇叭。

牧民最盼望的时候来啦。用草原上人们的话说，这是一个奶酒飘香、牧草流油的季节呀。

白银花的西边有一个澄澈清亮的查干湖，它好像一个老人，静静地在沉思，湖水又像少女的眸子。远远看去，明净的湖水和蓝天连成一色，湖水又和南边的草原连成一线。

我被这草原的景色深深吸引住，经过好一阵寻找，才找到了这里的文化馆。说是一个文化馆，可也没有挂牌子，也没有固定办公的地方。但一提"草原文化馆"这几个字，这里的人们都乐颠颠地要向你炫耀它的多彩的风姿。在公社后院简易的招待所那间僻静简陋的房子里，我找到了文化馆长，这位久经风霜的典型的蒙古族中年汉子，他有着高高的颧骨和宽阔的下颌，鹰翅般的浓眉下，长着一对细长而又明亮的眼睛，他那紫糖的脸颊，放出异样的光彩。我从背包里翻腾着介绍信，还没等我交出来，他一边认真地打量着我，一边不紧不慢地对我说：

"啊，你是省城来的努呼热（同志）吧？"

"是呀，你咋知道？"

"不用找介绍信了，手扒肉已经凝了，奶茶已经凉了，奶酒也都淡了，等你也不来！"

我心里也像翻滚的奶茶。我想，这一定是旗里的同志们向这里打过招呼了。

这位文化馆长孟格勒呼当即带我到公社办公室。书记和委员们正在开党委会。他不管这些，径直闯入了会场，硬把书记叫了出来，当我面便介绍：

"这位努呼热是打省城来的，这是我们的书记乌巴特尔同志。"

书记和我热情地握手，他说：

"欢迎啊，欢迎，你是怎么来的？"

"坐长途客车。"

"好，好！等过两日，让你到草原上遛遛马吧。"

我立刻激动起来。这就是老艺人努拉捡到的那个孤儿吗？早听人讲过，在新中国成立前的苦难年月，民间歌手努拉在一次敖包会上捡到了一个孤儿。努拉带着他在草原上到处流浪，过着拉马尾巴（拉琴卖唱）的乞讨生涯。新中国成立后，乌巴特尔上了小学，在人民政府的关怀照顾下，念完了中学，一直上到扎兰屯的蒙师毕业，又当了民族干部。啊，这是一个敦实而爽快的人，和我在照片上看到的书记，模样有点儿不同。

当天晚上，我就和孟格勒呼馆长，住在公社招待所那间简陋的房子里，一直听他讲述这里几个老艺人的故事。

深情的歌舞

第二天晚上，文化馆馆长孟格勒呼和公社书记乌巴特尔领我来到西白银花。

夜晚的西白银花，飘扬着马头琴、四弦琴的欢快节奏，还有悠长而辽阔的女高音的歌唱。

我们先来到老主任图力格尔家。主任的老伴很快端上来奶茶，盘子里边还放着奶豆腐。女主人"依得依得"（吃吧）地让着我们。一杯奶茶才喝完，琴声歌声越来越近，渐渐地，听得更真切了，我对书记说：

"我们去听听，好吗？"

乌巴特尔书记和孟格勒呼馆长并没有立即回答我。这时候

一群青年男女却呼呼啦啦地涌了进来，有的抱着马头琴，有的
抱着四弦琴，有几个姑娘手拉着手，穿着鲜艳的蒙古袍，还挽
着袖口，好像刚刚挤过牛奶似的，她们大大方方，可又有点腼腆，
一进门就都来问好，有的说：

"白乙日泰（祝贺啊）！"

又有的说：

"塔色音白努（您好）！"

书记和馆长对这些青年们是很熟悉的，他们连连给我介绍：

"这是四弦琴手马克斯拉，这是朝鲁巴根——马头琴手，那
是咱们的女歌手——尼斯尔玛。"

孟格勒呼又补充说：

"再来看，这是舞蹈家——跟小！"

语音未落，书记就从朝鲁巴根手里抢来了马头琴，琴在他
手里发出清脆的悦耳的旋律，小伙子和姑娘们合着书记的琴音
唱起来了：

西泉子的水酿成的美酒啊，

多像我们多彩的生活。

为建设四化的我们哟，

劳动之余唱着心中的赞歌。

东泉子的水酿成的美酒啊，

多像我们深情的歌。

为建设草原的我们哟，

幸福的歌声泛起乳的波！

　　马头琴的泛音，比查干湖的湖水还深沉。

　　尼斯尔玛的歌声更响亮、更抒情，比蓝天的彩云更飘逸。琴声和歌声，紧紧地扣动着所有人的心弦，心弦和琴弦一起震动，心房和琴箱一起共鸣。

　　几支歌唱过之后，有四个姑娘，踩着铿锵的节奏，跳上了挤奶舞。在旁边的人，无论是琴手或者是歌手，还有观众，都帮着腔唱了起来——

　　　　蜂呀蜂引路啊，

　　　　蝶呀蝶成行，

　　　　蜂蝶不顾采呀采蜜糖，

　　　　啊哈嗬呀，

　　　　一群姑娘挤奶忙，

　　　　歌声随着乳泉淌。

　　　　打死野狼牛羊壮，

　　　　除了四害心欢畅。

　　　　啊……

　　　　挤下鲜奶酿美酒，

　　　　献给远方客人尝一尝。

　　姑娘们甜润的歌声和优美的舞姿，把我带到了辽阔富饶的草原上。湛蓝的天空，片片白云，这是多好的舞蹈啊，蓝天白云做布景，广阔的草原是舞台，我好像闻到了鲜奶飘香，看到了乳泉在喷涌。

我回想到在公社时，乌巴特尔书记向我诉说，在"四人帮"横行的日子里，草原上百花凋零，乳泉干涸了，听不到琴声和歌声，到处是一片荒凉景象。

眼下，听到这样深情的歌唱，看到如此动人心弦的舞蹈，书记和馆长激动了，我更加激动，眼里滚动着泪花。乌巴特尔书记在点名，在提名，他说，来个《拉日仑花向太阳》《牧民最恨"四人帮"》《我爱草原，我爱家乡》。

那个跟小（蒙语叫依乐呼）的女孩子，她不爱说话，但并不腼腆，她完全用歌声和舞姿来表达她内心的感情。在跳《挤奶舞》的时候，她头上顶着银碗，手里拿着金杯，打着节奏，铮铮作响，舞姿更是婀娜多姿，令人赞叹。

活泼清秀的尼斯尔玛点名挑战要让我这远方的来客唱一支歌子。她的话音一落，引起一阵雷鸣般的掌声，把我这个毫无准备的不速之客，闹得很窘，我憋得满脸通红。还是我的向导——孟格勒呼馆长提醒了我，我马上记起公社书记昨天教我的一首民歌，我就按照旋律来个即兴填词。尽管唱得似一碗白水，可还是受到了欢迎，我心里明白，这完全是礼貌性质，还带有鼓励的味道。

乌巴特尔向孟格勒呼示意，怕这班青年再次将我的军，就带头唱起了一支草原上人人爱唱的民歌来——

天上的风总不平静，

世上的人啊不能永生，

有谁能喝到"圣水"？

前进吧。兄弟们！趁着正年轻！

　　歌声住了，琴声不断。节目好像是告一段落，但人们的豪兴未尽，欢乐的气氛，仍未得到尽情地抒发，好像屋子太小，时间太短，年轻的人们啊，他们好像要把房盖掀开，他们要踏上新的征途，在这美丽辽阔的草原上，放声歌唱，大显身手。

到花淖尔去

　　这几天，我记录了一些好来宝，还把几首民歌的曲调记录下来，又把几支民歌录了音。

　　今天，草原文化馆馆长孟格勒呼和公社书记乌巴特尔领我到花淖尔屯看望老艺人、老民间歌手努拉。我前面说过，乌巴特尔的恩人就是努拉。如果努拉不把他养大，乌巴特尔将不知从什么地方找到下落，也许性命都难保。听说我一定要记录努拉的民歌，书记感激不已，这几天，他的心情一直不能平静。

　　花淖尔是个典型的纯蒙古族屯子，也在一个沱子上。来到努拉家，已是晌午时分。努拉老人从墙上摘下马头琴，将一把哈特刀插在琴码下（据猜想是为了引起共鸣），他那深沉如诉的琴音，把我们带到了苦难深重的昨天，我们好像在那凄风苦雨的草原上，看见一个行吟的穷歌手蹒跚无力地走着，走着。草原虽然广阔无边，但却没有他立足之地。他的琴音虽美，歌喉也甜润，但却知音甚少，只能从穷牧民门前，讨得半碗酸奶粥。

　　他经过长期的流浪，终因穷途潦倒，在他二十七八岁的时候，流落到这花淖尔屯。这是个穷苦牧民聚居的地方，他来到这里，得到牧民的同情，大家劝他再不要离开，走那走不完的路了，于是他暂住下来。在这个屯子里，有一个年轻的女歌手——龙梅，自从来了努拉，有他伴奏，她的歌声更悠扬、更动听了。

有一天，努拉在演唱民歌时，花淖尔所有的牧民都被他的歌声牵动着心弦，女歌手龙梅就坐在牧民中间，没等努拉演唱完，龙梅就回到自己的家中。

是什么促使龙梅早早地回到家中呢？

这是因为努拉的琴声、歌声和他孤苦的身世，引起了姑娘的心事。龙梅悄悄地拿出了绣花针，她选了七种颜色的丝线，开始为努拉绣着美丽的琴飘带，她要把自己的心声，绣进飘带里。

努拉本想在这儿定居下来，但因生活的逼迫，这里虽好，但大家生活也很艰难，他不得不离开。这匹无笼头的马，又要远走他乡了。

努拉不得不把要走的事告诉了龙梅。这天晚上，月光如水，就在老榆树下，人们照常听到他那深沉悠扬的歌声。当演唱完毕，人们渐渐离散，唯独龙梅久久不愿离去，她仰脸望着中天的明月，好像深情地回味着什么。我们的歌手努拉，又奏起了马头琴，这回啊，不用邀请，也不谦让。当马头琴奏出如泣如诉的旋律，龙梅就唱出了自己的心声——

骑着白马的官布哥哥哟，

啊嗬！

沿着平坦的道路过来了。

心里怀念的额尔乌圭安夏，

啊哈嗬依，

站在房檐下盼望你来哟。

歌里虽然唱的是征战时恋人离别的情景，但此时正符合唱歌人互相依恋的心情。一曲未落，一曲又起，难舍难分的情意，一直唱到深夜。最后，还是我们的努拉开了口：

"走遍草原的，才是好骏马；唱遍天下的，才是好歌手。龙梅，我明天就要走了，你若是一颗珍珠，我就把你镶在帽子上，你若不是一颗珍珠，没有办法，咱俩就只好分离了！"

龙梅什么话也没有说，她又接着往下唱了——

凤冠霞帔，许配给太子，
啊嗬哈依，只要是不对心，
那就是受罪的根！
围墙跟前，挖土倒粪，
啊嗬哈依，只要是对心，
也就是幸福的根！

龙梅唱到这里，努拉就接着唱下去——

绫罗绸缎，嫁给公爷，
啊嗬哈依，只要是不对心，
必定要惹气生！

残茶剩饭，沿门乞讨，

啊嘀哈依，只要是对心，

谁说不得做夫人！

努拉要把龙梅唱的编成歌曲，到处传唱。

龙梅说：

"努拉哥，你还不能走，你还没有到走的时候啊，等我绣完了琴飘带和烟荷包，你把它带在身边，你愿意走到天边，我也不拦阻你呀！"

琴飘带做了七七四十九天，烟荷包绣了七七四十九天；努拉的歌编了七七四十九夜，龙梅的歌唱了七七四十九夜。

而后，努拉带着心上人绣的琴飘带和烟荷包走了。走到哪里，没有人知道。而龙梅的歌声好像总在努拉身边缭绕。龙梅歌手的名声四处飞扬，不幸传到了王爷府中。王爷命令手下的管家，硬把龙梅抢到了府中，强令龙梅做王府中的歌女。可是，龙梅吃了草原上有毒的草，把嗓子毒坏，她誓死也不做王爷的歌女，最后被王爷赶出了王府。

这个消息传到了努拉耳朵里，努拉心急如焚，他终于又回到了花淖尔屯。他看见龙梅后悔恨不已，怪自己执意离开，他告诉龙梅要永远留在她的身边，再不会和她分离。

后来新中国成立了，花淖尔屯的牧民终于过上了幸福的生活，努拉又开始放声歌唱，龙梅虽不能再唱，但努拉的歌也是她心底的歌啊！

我被草原上的故事深深感动着，这次采风任务不但圆满结束，我还收获了草原人那炽烈的情感和友谊，让我终身受益！

啊！科尔沁草原，流动着多少珍珠般耀眼的回忆……